もう一つの空海伝

丸谷いはほ
Maruya Ihaho

海風社

もう一つの空海伝

目次

まえがき

平成十三年夏のことになります。
西吉野の光明寺住職村岡空《くう》氏、郷土史家の辻本武彦氏のお二人に「空海の道」についてお話を伺ったことがありました。

村岡氏から――
京の大学を抜け出した空海が真っ先に向かった先は比蘇《ひそ》寺だったと思う。そこは渡来僧が多く居て治外法権的な寺であった。大学を無断で飛び出した行為はひとつの犯罪行為とも言えたので、そこへ逃げ込むのは空海にとって都合が良かったのではないか。比蘇寺は求聞持法《ぐもんじほう》の道場にもなっていたので、空海はそこで求聞持法の手ほどきを受けたのだろう…と。

辻本氏はこの意見に同意され、さらに空海が修行に向かった高野山への道筋について――

西吉野から高野山へ行く道は、今の奥駆け逆峯《ぎゃくぶ》修行に一部を使う道筋とは違う道が古代にあった。それは「聖なる道」で、現在の吉野山を通らず、下市から南に向かい、平原の熊野神社を経て銀峯山《ぎんぶざん》へ上り、波宝《はほう》神社の社頭を通る道である。昔、高野山への奥駆けの折には、先ず波宝神社に参詣するという習わしであった。このような慣習があったということは、「空海が初めて高野山へ向かった時と同様の道を辿るということではないか」などというようなことを両氏が話してくださったのです。

この時、吉野での修行時代の「若き空海」をいつかは書いてみようと思ったのでした。

それから十数年を経た昨年、空海ゆかりの地を訪ね歩き、空海について書かれた資料（本・史料）等、ひと通り読み直しました。でも、宗教者の枠を超えた偉大な人物、空海はとても描けません。

そこで、「自分が進むべき学問の道に悩み、修行に明け暮れ、恋にも悩む」等身大の青年修行僧空海を、物語（フィクション）として書いてみようと思いたちました。

さて、本編に進むにあたり、ここで空海の周辺について述べておきたいと思います。

●空海の生誕地

空海は讃岐国《さぬきのくに》多度郡《たどのこおり》（香川県善通寺市）で生れたとされていますが、高野山大学・武内孝善教授は、空海畿内誕生説を唱えておられます。根拠が確実で説得力のある説だと同感できるので、ここでは同様に河内国《かわちのくに》渋川郡《しぶかわのこおり》跡部郷《あとべごう》とします。

●空海の幼名

弟子や信徒に遺したとされる『御遺告《ごゆいごう》』や、高弟の真済《しんぜい》が著わしたとされる

『空海僧都伝《くうかいそうずでん》』にも、空海の幼名は真魚《まお》であったとは記されていませんが、この物語ではその他の伝記などと同様の真魚とすることにしました。

さて、この「真魚」ですが、都の大学を出奔して二十四歳で『聾瞽指帰《ろうこしいき》』を著わすまでと、それから三十一歳で入唐《にっとう》するまでの消息がよく分かっていません。

●大学出奔と修行

真魚（空海の幼名）が大学に入った年齢ですが、当時、国学も大学も入学可能年齢は十三～十六歳という規定があったはずです。

それで真魚は十三歳で国学に入り、十六歳の制限ぎりぎりで大学に転学したのではないかと思うのです。国学の授業がもの足らなかったのでしょう。

本によっては、空海は十八歳で特別に許可され大学入ったなどとされているのもありますが、律令制のこの時代、いくら伊予親王の侍講阿刀大足《じこうあとのおおたり》が働きかけようと、佐伯今毛人《さえきのいまえみし》が嘆願しようと、それは無理というものでしょう。

しかし、実際の勉学はというと、四、五歳の幼年期から始めているはずだと私はみています。

さて、大学を出奔した真魚は、二十四歳で『聾瞽指帰』を著わし三十一歳で入唐していますが、大学を中退してからの約四年間、そして二十四歳以降を合せた十年ほどが不明なのです。

この間に山岳修行をしていたのだろうといわれていますが、実際どのような生活をしていたのでしょう。

不詳のこの十年間が最も興味深いところです。そこで、謎多き若き空海のこの十年を物語にしようとしたのが「もう一つの空海伝」です。

●登場人物

真魚（まお）……………………無空とも名乗る若き日の空海

阿刀大足（あとのおおたり）……空海の伯父、伊予親王の侍講

伊予親王（いよしんのう）………桓武天皇の皇子

泰信（たいしん）……………求聞持法を示した唐僧、具足戒の師
戒明（かいみょう）…………大安寺の沙門、沙弥戒の師
前鬼（ぜんき）………………比蘇寺で知り合った優婆塞
ハニメ…………………………金山寺・金岳八幡宮の巫女
ニホメ…………………………海部峯寺・銀岳神蔵宮の巫女
角行（かくぎょう）…………桜元坊の主、ニホメの兄
恵真（えしん）………………金岳・金山寺の僧
覚良（かくりょう）…………銀岳・海部峯寺の僧
井光乗（いのこうじょう）…銅岳・白雲庵の丹生族長老
護名（ごみょう）……………南法華寺で逢った元興寺僧
狩場太郎（かりばたろう）…伊都・丹生族の犬山師
小覚（しょうかく）…………金岳・金山寺の見習僧
その他…………………………空海の縁者、丹生族の男たち

●空海年表

宝亀五年（七七四）六月空海誕生　空海一歳
天応元年（七八一）第五十代、桓武天皇即位　空海八歳
延暦三年（七八四）十一月、長岡京に遷都される　空海一一歳
延暦四年（七八五）早良親王廃される　空海一二歳
延暦五年（七八六）讃岐国、国学に入る　空海一三歳※
延暦七年（七八八）国学を中退して平城に上る　空海一五歳※
延暦八年（七八九）大学に入る。明経道　空海一六歳※
延暦九年（七九〇）佐伯今毛人死す　空海一七歳
延暦十年（七九一）大学を出奔　空海一八歳※
延暦十三年（七九四）平安遷都　空海二一歳
延暦十六年（七九七）『聾鼓指帰』を著す　空海二四歳
延暦十七年（七九八）戒明から沙弥戒を受ける　空海二五歳※
延暦二十三年（八〇四）四月、泰信から具足戒を受ける　空海三一歳※

延暦二十三年（八〇四）五月遣唐使船に乗船、出港　空海三一歳
大同元年（八〇六）第五十一代、平城天皇即位　空海三三歳
大同元年（八〇六）帰国、『御請来目録』提出　空海三三歳
大同四年（八〇九）第五十二代、嵯峨天皇即位　空海三六歳
弘仁二年（八一一）乙訓寺別当に任ぜられる　空海三八歳
弘仁七年（八一六）高野山の地を賜う　空海四三歳
弘仁十二年（八二一）讃岐国満濃池の修築　空海四八歳
弘仁十四年（八二三）第五十三代、淳和天皇即位　空海五〇歳
天長元年（八二四）造東寺別当に任ぜられる　空海五一歳
天長七年（八三〇）『秘密曼荼羅十住心論』を著述　空海五七歳
天長十年（八三三）第五十四代、仁明天皇即位　空海六〇歳
承和二年（八三五）高野山において入定　空海六二歳

※印は　作者の想定

大学出奔

真魚《まお》は吉野への道を猪のように突き進んだ。
京から吉野方面へ向かう南行きの道は三通りあるが、人目を忍ぶ逃避行なので一番目立たない山野辺の道を選んでいた。いわゆる上《かみ》つ道である。京の大学を今朝、東の方が白む直前を見計らって逐電してきたのであった。京といっても山背《やましろ》の長岡京ではない。旧都の平城京である。桓武天皇は都をあわただしく奈良から長岡に遷都したが、大学は奈良盆地に残したままだったのである。それは旧都左京の東、元興寺《がんごうじ》の近くにあった。その大学を真魚は入学して二年も経たないうちに抜け出したのである。

一昨年春、真魚は伯父の阿刀大足《あとのおおたり》に連れられて大学の門をくぐった。大学は、正式には大学寮といい、律令制で式部省に属する官吏養成機関である。国家の経営に役立つ優秀な官僚を育成するのが大学寮の役割だった。この時代律令制の学問所は、大学寮のほかに陰陽寮《おんみょうりょう》、そして地方諸国に国学があった。大学寮の学科には、文章道・明経道《めいけいどう》・明法道・算道・音道・書道の六学科があった。

真魚は、大学は明経道科に席をおいた。明経道科は特に上級官吏の養成機関といえた。入学を許可された学生はほとんどが五位以上の高級官吏か貴族の子弟だった。

父の佐伯直田公《さえきのあたいたきみ》は、讃岐国多度郡《さぬきのくにたどのこおり》の郡司だったが無冠だった。しかし伯父の阿刀大足が従五位下だったのと伊予親王の侍講《じこう》[1]だったので、その口利きで大学にも入学できたのだ。

この時代の大寺院は現代の国立総合大学の様相を呈していたので、直接都の大寺院に入って仏教を主体とした学問を学び、僧侶を目指す道もあったのだが、父の田公は真魚を上級官吏にしたかった。田公自身が郡司だったのでその上の国司にしたかったのである。

大学での修学と、大寺院での修行との最も大きな違いはその学問内容である。

寺院に修行に入った場合の一日は、まず未明の掃除から始まる。そこは一緒なのだが、それからが違う。寺院では掃除のあと、見習い中は厨房での賄い準備から始まり、先輩僧侶の朝食を用意し、先輩たちが朝食を済ませたあと、慌てて自分たちが朝食を摂り、その後で日課の勤行《ごんぎょう》がある。

一方、大学の場合は朝からみっちりと四書五経いずれかの講義から開始される。

真魚は明経道科だったので、大学では主として経書を学んでいたが、四書五経を学びながらふと疑問を持つのだった。

五経とは、易経・書経・詩経・礼記《らいき》・春秋であり、前記礼記の内の大学・中庸に論語・孟子を加えたものが四書であった。おおまかに言えば、易経・書経・詩経はいずれも儒教の経書で、礼記は礼儀作法の書、春秋は歴史書である。儒学は君主や師、長上者に対して絶対的な服従と礼節を説く。まことに為政者には都合の良い学問であった。

このことに真魚は思うのである。なるほど礼節は必要だと思う。また五経にあるところの易・書・詩などを学ぶことは良いと思う。礼記では礼儀作法をこと細かに規定している。春秋はいわゆる歴史書である。もちろん歴史を学ぶのはこれも良い。「しかし…」と真魚は思うのである。礼儀や歴史を学んで人が救えるのか、大いに疑問だった。否、それではこの国の民は救えまい！（そのような学問は貴族のお遊びに過ぎない）貴族たちの教養としては結構だが、それでは決して悲惨な状況にある悩める民は救えない。

　真魚は以前から仏教に興味を持っていた。讃岐で国学に身を置いていたとき諸国を行脚している優婆塞《うばそく》[2]に聞いたことがある。優婆塞というのは在野の修行僧である。僧になるには官許がいるので彼等は国家に認められた正式な僧侶ではなかった。入学してまだ一年も経ってはいなかったが、真魚は儒教よりも仏教を学びたかった。このまま経書の勉学を続けて所定の学識を修めて官僚になったところで何ができるというのだろう。政権の中枢近くで仕事をしても、民が救える訳ではないと思う。そのように考えていた時、一人の優婆塞に密教の話を聞いた。その話によると、吉野に比蘇寺《ひそじ》という寺があって、そこでは最新の仏教が学べるという。天竺直伝の新仏教であるという密教を学んだ唐僧がいて、有能な人材と見れば渡来の秘法を授けてくれるというのであった。

　都に上り、大学に入ってからも、講義をしている岡田博士の助講《じょこう》からもそのような話を聞いたことがあった。密教には最新の学問と知識が詰まっているらしい。向学心に燃える真魚はどうにかしてその比蘇寺とやらにもぐり込みたいと思った。

それで、折に触れては大学からの脱出を狙っていた。しかしそれは犯罪行為とも言えるものであった。願って入学したからには何がなんでも学業は修了しなければならなかった。そうでないと父にも伯父の阿刀大足にも顔向けができない。真魚自身がどうしても役人になりたいと思ったのではなかった。父や伯父、そして讃岐の佐伯一族が望んだのだ。

真魚は、栄達を願う一族の希望の星だったのである。このまま順調に中央官界への道を歩めばいうまでもなく佐伯一族の出世頭になりそうである。伯父の阿刀大足は親王の教育担当ともいえる立場だったので、一流の知識人ではあったが、伯父は佐伯氏ではなく阿刀氏だった。父は是が非でも佐伯氏嫡流の真魚に中央で活躍してもらいたかった。

その父の願いが叶い、晴れて我が子が大学に入学できたのである。今更伯父や父に退学したいと願い出ても許可されるはずはなかった。それは一族への裏切り行為でもある。また所定の学業を終えないで出奔するのは朝廷《みかど》に対する犯罪行為でもある。

何処の国の子弟でも、大学への入学を希望するものはあまた居た。様々な制約がある中から選ばれて入学したのである。真魚が選ばれていなければ誰かがもう一人大学に進めたのである。それを考えても大学を無事修了するのは真魚自身の義務でもあった。

——自分はただ者ではない、いずれは天下に起つ男だ。

真魚は本気でいつも思っていた。その自分自身が様々に考えた末での結論だった。もう振り向くことは出来ない。本日未明すでに大学を出奔していた。吉と出るか凶となるか、もう賽は投げられたのである。

真魚は空を仰いだ。明け始めた東の空には明星が輝いている。辺りを見回すと左手に杜があり石塔に和爾《わに》神社と刻まれていた。この地の古豪族、和爾氏の氏神らしい。

その社頭を早足で歩きながら真魚は続けて思い出す。幼い頃母の里、河内国渋川郡跡部郷《しぶかわのこおりあとごう》で暮らしていた頃を。

母の名は阿古屋《あこや》といい、父は讃岐国多度郡の人で佐伯直田公である。

宝亀五年（七七四）六月十五日、真魚は河内国渋川郡跡部郷の阿古屋の家で生まれた。田公の子としては三男となる。

この時代の結婚は妻問婚だったので、真魚は阿刀家で養育されていた。母方の阿刀氏は、船長天津羽原《ふなおさあまつはばら》の後裔だといい、先祖は水運に関わったようだが、代々学者の家系であった。

父は讃岐国多度郡の郡司である。その傍ら交易の仕事もしており、また租税を都に納めるため、讃岐から浪速の大津へ海路で物資を搬送し、川舟に積み替えて河内湾から大和川支流の長瀬川を遡上して、都のあった大和国への陸送の中継地、渋川郡跡部郷へ年に何度か立ち寄っていた。その折に、父の田公は後に真魚の母となる阿古屋と知り合ったのであった。真魚が阿刀家で生まれてからも、父は時々この渋川にやっては来たが父に遊んでもらったような記憶は真魚にはあまりなかった。その代わり、伯父の阿刀大足がよく顔を出し、何かと言っては真魚と遊んでくれた。

伯父の大足は都で、桓武天皇の第三皇子伊予親王の侍講だった。官位は従五位下である。その妻の妹が阿古屋といい、真魚の母である。

真魚は幼少より漢籍に親しんだ。親しむと言っても母が読む漢籍の書物を興味深く聞いていたのである。少し読めるようになると母の阿古屋が教えた。真魚は驚くほどの記憶力で漢籍を諳《そら》んじた。また阿古屋は併せて書法の手習いも真魚にさせた。

叔父の大足は真魚の才能を伸ばそうと、折りをみては手取り教えた。その詮《かい》あって十歳になる頃には論語や孟子など、多くの漢籍が暗誦できるまでになり、河内国渋川郡に神童の噂が広まった。

十三歳になったとき、父親の佐伯直田公が阿刀家に来て、真魚を讃岐に連れ帰ると言った。多度郡に父と帰った真魚は初めて父の屋敷に入った。

そしてその年、讃岐の国府にある国学に入学した。父の田公が優秀な真魚に期待したからである。国府の役人にして、先は国司にでもなれば一族の誉れである。このように考えた田公が真魚を国学に入れたのだった。

ところが国学の講義内容が真魚にはものたらず、どうしても満足できなかった。それで父に、都に上がり大学に入りたいと願い出たのである。父は真魚の才能は認めていた。ところが、この息子は父が想像する以上の能力の持ち主らしい。大学に移りたいと一心に願う純粋な向学心に負けて父親の田公は承諾した。

真魚は十五歳で国学を中退した。中退といっても国学の経書の科目は殆ど自分で先に先にと履修してしまっていた。国学全科修了といっても良いくらいだった。

そうと決めれば田公は真魚の将来に大きな期待をかけた。

真魚は都に上った。もちろん都といっても旧都平城《なら》である。幸い伯父の阿刀大足の屋敷が大学に近い。真魚は居候して、大足から大学に入学するための経書を改めて学びなおした。阿刀大足の私邸で直接指導を受けたのである。大足は桓武天皇第三皇子、伊予親王の侍講をしていたので机を並べて一緒に大足から学ぶこともあった。その頃、伊予親王は十三歳で藤原是公《ふじわらのこれきみ》の館に住んでいた。侍講の大足の住居もその側にあった。ちなみに是公の叔父は藤原仲麻呂である。

真魚は十六歳で大学に入学した。専攻は明経道である。

国学も大学も入学可能年齢は十三歳以上、十六歳以下だったので、真魚は年限ぎりぎりで入学したことになる。

都は長岡京に遷都していたが、大学はまだ旧都平城に残したままだった。

宮都の建設はなかなか順調には進んでいなかった。大極殿や参集殿など主だった建築物は、その完成を早めるため、旧都の浪速宮から建物を解体して淀川から船便を使って運んだ。それでも長岡京は水はけが悪く工事がはかどらなかった。基礎工事すら遅々として進まないのである。貴族たちの邸宅もほとんどが平城京に残ったままだった。元々大部分の貴族らは、この長岡への遷都に賛成ではなかったのである。

平城《なら》左京の東側には多くの大寺院があった。東大寺、興福寺、元興寺である。

そして鬼門方向には大伴氏ゆかりの般若寺があった。大学の周辺では大安寺、葛木寺、佐伯院とあった。佐伯院は佐伯今毛人《さえきのいまえみし》が建てた寺である。佐伯氏は大伴氏の一派ともいわれるが、佐伯氏には二流あって、一つは中央の佐伯宿禰《すくね》氏、一方は真魚の父方の佐伯直氏である。佐伯とはサエギ、つまり先祖は双方とも蝦夷であったといわれる。この中央の佐伯氏は、いち早く帰順していて手柄を立て、中央で出世した佐伯で先祖は同族とみて良い。この佐伯宿彌今毛人は正三位の造東大寺司次官でもあった。

　延暦三年（七八四）に都は長岡京に移っていたが、真魚が平城に上がったとき旧都はまだ輝きを失っていなかった。多くの貴族は奈良にまだ私邸を残しており、主だった寺院も移転していない。それで大学も旧都に残したままだったのである。

　大学寮の学生としての生活を始めて一年ほど経ったある日の夕暮れ、伯父の阿刀大足の私邸から帰寮途中の大安寺の山門前で一人の沙門[3]に呼び止められた。大学に許可を得て、時々真魚は大足の私邸で伊予親王と共に教えを受けており、その帰り道であった。

「そこの若いの、しばしまたれよ」

見れば中年の体格の良い男だ。僧形である。

「そこもとは、大学寮の学生じゃな?」

「はい、そうですが」と真魚が応えると、

「何の根拠もない、これは拙僧の直感じゃが…」

と言い、話を続けた。

「そこもとには何か名状しがたい存在感がある。そなたは国のため、民衆のため大きな任務を負った人物と見た。えっ儂《わし》か? 儂はこの大安寺に居候している者じゃが、ここを通るそなたを何度か見たことがある。前からただ者ではないと見ておった。そのうちどうしてもそなたのことが気になってな、今日はこうしてそなたに声を掛けようと待っていたのじゃよ」

沙門は夕日が眩しいのか目を細めて話す。少しなまりのある話し方だ。門前の潜り戸の横にある手頃な石に真魚を誘った。そして自分もその右側に腰を掛ける。

「そなたは、役人になるための勉学に勤しんでいるようじゃが、なにゆえに役人になりたいのかの？　儂は一度ぜひ聞いてみたいと思っていたのじゃ」

沙門は細い目で真魚をのぞき見た。じっと真魚を見つめる目は意外なほど優しい。

「はい、私はこの国で苦しんでいる民百姓を何とか楽にできないかと思っているのです。そのためには、天子さまの政治《まつりごと》と民衆の間を取り持つ役人になれば、何とか人々の労苦を軽減することができるのではないかと思っています」

真魚は沙門の目を見つめて答えた。

「それは見上げた心がけじゃ。じゃが今学んでいよう儒学では人は救えまい。それに、役人になったとて大きな仕事はできはしない。役人というはただ政治の手先として使われているだけじゃ」

沙門は諭すように話しかける。

真魚は、そうかも知れないと思う。前から疑問に思っていたのだ。

「四書五経を学ぶのは、そこそこでよろしかろう。これからは仏教を学びなされ。それも密教を学ぶことをお勧めする」

「密教？　ですか、聞いたことはありますが、よく知りません」

「大日経《だいにちきょう》というのを知っているか？」

「それもよくは知らないのです」

「密教はほとんど知らないのだな。もし興味があるならこの経を読んでみることだな。『大毘盧遮那成仏神変加持経《だいびるしゃなじょうぶつしんぺんかじきょう》』という。高市郡《たけちのこおり》の南法華寺《みなみほっけじ》にあるはずだ」

「ありがとうございます。いつか訪ねてみたいと思います」

真魚は丁重に感謝の気持ちを述べた。

「もう一つ聞かせておきたいことがある」

沙門は帰ろうとする真魚を手で制して言った。真魚は座り直した。

「求聞持法《ぐもんじほう》というのを聞いたことがあるか？」

真魚はかぶりを振った。

「記憶力を増大させる秘術だ。これは大いに役立つぞ。道を究めようとする行者には必須の術だ」

真魚は目を見張った。

「そのような秘法があるとは知りませんでした。沙門殿はご存じなのですか？ご存じなら、私に教えて頂けませんか？」

「儂も元興寺《がんごうじ》の唐僧に直接教わったのじゃ」

「なら、私にもどうかご伝授戴けないものでしょうか」

真魚は頭を下げて頼み込んだ。

「実はの、確かに教わったのじゃが…儂には成就できなんだ。故にそこもとに教える資格はない。それに儂は沙門とは言えないかも知れん。官僧ではないのじゃよ。正式な僧とは認められていない。つまりは一介の優婆塞と何も変わらん」

沙門は小手を振って真魚の申し入れを拒んだ。

「ではせめて御坊のお名前をお聞かせください。私は阿刀大足氏の書生でマヲと申します」

「真魚《まことのいを》の意味か。マイヲじゃな。覚えておこう」

沙門は去りかけて、思い出したように立ち止まった。

「え、儂の名か？儂は自分の名を忘れてしまったのじゃよ」

そして更に言葉を継いだ。

「マイヲよ、吉野の比蘇寺に行ってみるが良い。求聞持法はそこで分かる」

上背のある中年の沙門はすっかり暗くなった巷に姿を消した。

この沙門が真魚の運命を決定づけたともいえる唐僧の泰信《たいしん》であった。この人はまた、後に具足戒[4]の師ともなる恩人なのだが、この時、真魚はまだ知らない。

注

1　天皇や皇太子に講義すること。またはその職にある官

2　男性の在俗信者。出家前、修行中の仏教信者

3　出家して仏門で修行中の男性の総称

4　出家者が正式な僧尼と認められるために必要な戒律で受戒すれば徳はおのずから具足するといわれ、当時は東大寺の戒壇院で授戒した

吉野比蘇寺

真魚《まお》は道を急いだ。大学から比蘇寺《ひそじ》までは十数里もある。南方の奥に見える山地に向かって真魚は黙々と歩いた。石上《いそのかみ》神社の社前を通る。春三月、鎮守の森は若葉が萌えはじめていた。

大和《おおやまと》神社を右手に見て、大和桜井の若桜神社を過ぎて、明日香の地に入り、岡寺を過ぎた辺りから道が分からなくなった。

大学を出奔して、もう三辰刻《しんこく》（六時間）以上も歩いている。

日輪はもう高く昇っていた。

平城京から上つ道をたどり、七里ほどは平地だった。吉野の比蘇寺に入るには、高市郡《たけちのこおり》の南側の山地を越えなければならない。山地に入ってから、どうやら道に迷ったらしい。あらかじめ学友から道筋のあらましは聞いていたのだが、山道にさしかかってから急に道も細くなり、方向さえはっきりとは分からなかった。道でたまに出会う百姓に聞いても、しばらく歩くとまた分からなくなる。同じ道に戻って来たような所もあった。

更に二辰刻ばかり歩いていた。時間の流れだけは日差しの具合で大体分かる。この山道は夜の通行はできない。たとえ満月の夜であっても山道に入ると木々に遮られて月光は全く入ってこないので真っ暗になるだろうと思われた。途中どこかで宿を取らなければならない。国中《くんなか》から吉野へ向かう山越えの道は昼でも暗いほどで、まして夜ともなれば谷に転落する恐れもあった。それに狼や山犬が出没すると聞いていた。途中の壺坂山《つぼさかやま》南法華寺あたりで一夜を過ごそうと思った。

何とか日が暮れるまでにその寺に着きたかった。真魚は道で出会う人ごとに、南法華寺への道順を尋ねた。たまたま南法華寺近くの住人だという百姓に出会った。

高市郡の住人はさすがに南法華寺のことはよく知っていて、詳しく道順を教えてくれた。

——よしこうなれば今夜は寺に泊めてもらって、翌朝から一路比蘇寺へ向かえば良い。

真魚は脇目もふらずに歩いた。南法華寺の山門に着いたのは夕暮れに近かった。

「お願いいたします。私は旅の者ですが今宵一夜、この身体を横たえる場所をお借りできませんか」

真魚は山門に詰めている髭を生やしたいかつい顔の寄人《よりうど》[1]に頼み込んだ。もとより一寄人が許可できる訳はない。髭の寄人が奥に入り、代わりに中年の僧が顔を出した。

「おてまえは何者だ？ 都の役人か？」

中年僧はじろりと真魚を見た。

紹介状も何もなかった。もちろん身分を明かす訳にはいかない。

真魚は学生の平服、烏帽子《えぼし》に直垂《ひたたれ》・袴《はかま》、脛巾《はばき》に草鞋《わらじ》で足元を固めていた。

「いえ、役人ではありません。吉野に仏道修行に行く途中、道に迷ってしまったのです」

自分は大学を誰の許しも受けずに逐電したのである。これは咎められても仕方のない行為といえた。正式に大学寮に入学を許可されたからには、修了まで勝手な行動はできないのは当然のことである。もし退学するならこれも正式な手続きがいる。入学を願い出て許可されて入学したからには、退学するにも退学を願い出て許可を受ける必要があった。

「何か事情がありそうだな。ふーむ…」

中年僧はじっと真魚の全身に目を移した。そして、真魚の顔に視線を戻すと改めて顔を見つめた。しかしそれ以上は詮索しなかった。

「追い帰す訳にもゆくまい。宿坊は無理だが物置なと勝手に入り込むが良い」

中年の僧は門番の寄人に目配せをして奥に消えた。寄人は山門の脇の小屋に真魚を案内した。

明くる日の未明、真魚は昨夜の中年僧に一言礼を述べようと思っていると、その中年僧が小屋に来た。手に包みを持っている。真魚が名乗り、お世話になった礼を述べると、中年僧は手に持った包みを渡して言った。

「その格好では修行もしにくかろう。これは拙僧の古着だがこれに着替えて行くと良い」

中年僧は真魚が都の学生だと見抜いているかのように、じっと真魚の目を見て言った。

「若者よ、真魚と言ったな。どのような覚悟があるのかは知らぬが、お前には何かがある。自分が決めた道を行くが良い」

初対面の印象は良い感じではなかったが、根は親切な人らしい。素性の知れない旅の青年に、着替えまで用意してくれたのだから。真魚は包みを解いて僧衣を取り出すと、自分が着ていた直垂・袴と着替えた。護身用に持っていた短刀は懐にして、脱いだ衣服と烏帽子は包みに畳んで入れそこに残しておいた。


真魚が山門を出たとき、東の空が白み始めた。

そこから吉野へ向かう高取山越えの山道は文字通り獣道だった。壺坂峠へ向かう道である。路傍には誰が建てたか大小様々な石仏が置かれていた。

途中小瀑があって、その傍らに不動明王とおぼしき石像が置かれている。その像は頭上に落葉が積もり汚れている。真魚は、袖で丁寧に汚れを拭うとその前にひざまずいて拝礼した。不動明王は、大日如来の化身であると子どもの頃誰かに聞いた記憶がある。

小瀑前の深みの水に映った自分を見て髪を切ろうと思った。左手で髪の毛を掴んで、右手にした短刀で毛をそぎ落とした。何度も持ち替えてできるだけ短く切り、水鏡に映し見た。何とか優婆塞《うばそく》のようになった。そうだ、名前もこの際改めようと思った。

歩きながら一つの名を思いついたのだ。

「無空《むくう》というのはどうだ。今の俺にぴったりではないか」

真魚は独言した。

身が軽くなったような気がして早足で歩けた。

峠が近いのか急坂になっている。汗をかきながら上った。それでも明日香からこの南法華寺へ向かって来たときより歩行はかなり楽だった。昨夜、物置小屋でぐっすり眠れたからでもある。峠を越えると今度はまた、随分急な下り坂だった。

名を無空と改めた若者は慎重に足を運んだ。うっかり躓くと谷底に転がり落ちてしまう。雑木が道を覆う細い山道を下って行くと民家が見えてきた。小さな集落である。生業は木地師か竹細工を営む山人らが住んでいると思われた。陽当たりの良い斜面では焼畑がおこなわれているらしく、焼け焦げた山肌から蕎麦の若芽が芽吹いているところもあった。そこからは緩い下り坂で歩行はかなり楽になった。道は南に向かっているらしかった。

少し平坦なところに出て、しばらく歩くと次は東方向に行く。この道のりは、大学寮にいたとき高市郡出身の学生から聞いて知っていた。いずれ比蘇寺には行きたいと思っていたからである。

比蘇寺はなだらかな丘の中腹にあった。

ここは『日本書紀』に、「欽明天皇十四年(五五三)放光像を吉野寺に安置した」と記されている寺である。

「泉郡《いずみごおり》の茅渟《ちぬ》の海から、溝辺直《いけべのあたい》が海の中に照り輝く樟木《くすのき》のあるのを見つけ、天皇に奉った。画工に命じて仏像二体を作らせた。この内の一体が比蘇寺にある樟《くす》の仏像である」といわれ有名であった。

この寺は、多くの渡来僧を擁し、異国のような雰囲気があって、一種の治外法権的権威を保っているようであった。そこには都の権力も寄せ付けないような威厳があった。そこは大和国吉野郡であっても百済の寺院のようで、新来の仏教経典が備わっていたのである。また、求聞持法《ぐもんじほう》[2]の道場にもなっていて、仏道修行者で意欲を持った者は、ここで学ぶことができた。寺院側も比丘《びく》であれ優婆塞であれ、入山した者を拒まず受け入れていた。そして修行する者に対してことさらその身分を詮索したりもしなかったのである。

比蘇寺は無空を受け入れてくれた。当分ここで修行すればよいとも言われた。

無空は、この比蘇寺に住み込んで雑務をこなしながら、時折先輩僧から経典を見せてもらって独学した。滞在の間に分かったのだが、この寺には無空と同じ讃岐出身だという僧の戒明《かいみょう》がいた。戒明は唐へ留学した高名な僧であったが、同郷のよしみで何かと親切にしてくれた。

この比蘇寺に滞在して無空は仏教を一から学んだのである。

ある時無空は先輩の戒明に、求聞持法とはどのような秘法かを尋ねた。戒明は旧都平城の大安寺から法華経と求聞持法の教授に来ているのだという。

「求聞持法というのは、正しくは虚空蔵菩薩求聞持法《こくうぞうぼさつぐもんじほう》といい、記憶力を増大させる秘法である。虚空蔵菩薩の真言《マントラ》、ナウボウ・アキャシャ・ギャラバヤ・オンアリキャ・マリボリ・ソワカと一日一万回、百日間休みなく唱え続けると成就できる」

無空は真言をその場で真似た。

「これを成就させると、一度見聞きしたものは決して忘れることはなく、また一度読んだだけで、物事が瞬時に理解できるようになる」

戒明は続けて言った。

「しかし」と戒明は言う。一日一万回の真言を百日続けるのは至難のことで、並の僧ではとても無理だというのであった。その成就までには必ず魔物による妨害が入り、阻止され、続けられなくなるという。体力的にも限界になり、修行が中断してしまうか無理して続けても発狂するという。まず基礎体力を作るのが一番だと聞かされた。

戒明によると、元興寺法相宗の祖、唐僧の神叡《じんえい》がこの比蘇寺で自然智《じねんち》[3]を得たという。これが日本における求聞持法の成就の初めだともいう。

「戒明さま、この求聞持法がもし成就できれば誰でも格段に記憶が良くなるのでしょうか」

無空は聞いた。

「むろん、誰でも記憶力は抜群に向上する。しかし人によって差はある」

戒明は無空を見据えて言う。

「考えてもみよ無空よ。元々頭の良い者とそうでない者と、秘法を学んだとは言え、差ができるのは当然だと思わないか」

戒明は続ける。

「記憶力そのものには大きな差はできないが、その理解力と応用力に差がでるのじゃよ。当然と言えば当然だがの」

「しかし、のう無空よ」と戒明はいうのである。求聞持法の指導には呼ばれて来ているが、これは指導を受けたからといって誰もが成就できる訳ではない。はっきりいえば生来の本人の資質と、ひとえに本人の努力にかかっていると言うのであった。

求聞持法は、善無畏三蔵《ぜんむいさんぞう》[4]が天竺（インド）より唐長安に開元四年（七一六）に伝えたもので、翌年に西明寺で翻訳された。訳出された『虚空蔵求聞持法』一巻は、入唐《にっとう》していた大安寺僧道慈《どうじ》によって、すぐに日本に請来されている。善無畏は他に『大毘盧遮那経《だいびるしゃなきょう》（大日経）』も漢訳している。

無空は求聞持法を信じた。天竺の高僧が唐に伝えたものだと言うのである。

無空は直感で信じられると思った。

「よし、必ずこの法を成就させてみせる」

無空は心に誓った。

それにしても大学を無断で出奔したことが気がかりだった。特に父の佐伯直田公《さえきのあたいたきみ》と伯父の阿刀大足《あとのおおたり》に対してである。もちろん大学の岡田博士や味酒《うまさけ》先生にも同様に申し訳がないと思った。諒解を得ずに飛び出していたからだ。

真魚と呼ばれた頃より無空は一族の期待の星だった。讃岐の国学を二年で切り上げ、願い通り都の大学に入れたのだった。大学に入るため口添えをしてもらった今はなき佐伯今毛人《さえきのいまえみし》にも申し訳が立たない。しかし、どうしても、そのまま大学で官吏になるための儒学を続けて学ぶ気にはなれなかった。大安寺前で見知らぬ優婆塞から教わったように、儒学では困窮する民衆を救えないと思う。詩や易や礼節を学んで何になるというのだ。大安寺前で中年の優婆塞から聞いた通りだと思った。やはり民衆を救うには仏教しかない。無空は確信に近い信念で仏教を学んでみようと思っていた。

――そうだ。いずれ儒教、道教、仏教の優劣を論じてみよう。それで裏切った父や伯父たちに何故出奔したのかを理解してもらうのだ。

無空はこの時、後に著わす『聾鼓指帰《ろうこしいき》』[5]の構想ができたのだった。

次の日から求聞持法の修行を始めようとした。できるだけ深山幽谷に入り修行しなければ成就できないという。

無空は修行地を求めて比蘇寺の周辺を見て廻ったが適当な静かな場所が見つからない。それに自分が一日中自由に仕える時間も必要であった。それを続けて百日間確保しなければならない。途中で一頓挫《とんざ》しても成就はおぼつかないという。

虚空蔵求聞持法の修行地を求めて吉野へ行こうと思っていたところ、比蘇寺に滞在していた優婆塞の一人に、吉野蔵王権現《ざおうごんげん》[6]の修験だという男がいた。名は前鬼《ぜんき》だと自分で名乗った。なんでも自分が生まれた地が前鬼と言い、地名をそのままに名乗って山伏をしているという。背は低いが逞しい体つきの小鬼のような男だった。年は真魚より少し上のようだが、付き合ってみるとなかなか面白い男だった。

前鬼の話によれば、吉野には修験と呼ばれる山伏が大勢集まり、蔵王堂といわれている大堂で神通力の修行をしているという。これは天武天皇の時代、役小角《えんのおづぬ》という行者が始めた修験道という徒党を組んだ集団で、その尊崇する本尊を「蔵王権現」といい、それは役行者《えんのぎょうじゃ》小角《おづぬ》[7]が感得したのだという。それで今は蔵王堂という堂宇《どうう》をつくってその神とも仏ともつかぬ神格を祭っているというのだ。それに彼らは何と求聞持法の習得をも目指していると聞いたというのであった。

　無空は興味を覚えたので、吉野の蔵王堂に帰るという修験の前鬼と一緒に比蘇寺を出ることにした。

注

1　寺院の下級職のこと、雑用をこなす。ちなみに神社の下級職は神人《じにん》

2　密教の記憶力増進法。平安時代、官吏登用試験の受験生に知られていたらしい

3　師匠によらず、自分自身で悟りを開き、得た智慧

4 (634~735) インドの王子だったという。八十歳で長安に入り、信頼を得て翻訳と密教の普及につとめた

5 空海が二十四の時に著した戯曲風論文。後に「三教指帰《さんごうしいき》」と改題した

6 役行者が祈り出したという。金剛蔵王菩薩とも言い、神とも仏ともつかぬ神格で金峯山寺の本尊

7 七~八世紀頃、葛木山に住んでいたという伝説的人物。山岳修行者で神通力があり、鬼神を使役したという。修験道の開祖

宇智郡内市

早朝に比蘇寺《ひそじ》の山門を出ると無空《むくう》らは南へ向かった。南へ向かう道は下り坂である。昨夜雨が降ったので山野の緑は際だって美しく映えていた。左側から朝日を浴びて二人はうきうきとした気分でつい早足となる。しばらく行くと吉野川に突き当った。吉野川は東から西に流れている。まず川を渡ろうと、南の対岸に渡る「柳渡《やなぎのわたし》」まで来た。ところが、大台ヶ原という上流域の大雨で水かさが増し、渡舟を出せないという。見ると吉野川は濁流が渦巻いて流れていた。一両日は無理らしかった。

「おい、無空。どこかで日待ちをするしかないな」

前鬼《ぜんき》はなにか嬉しげだった。

「そのようですね、前鬼さん」

「お前、銭はあるか？　あるなら俺が面白い処へ案内してやるが、どうだ」

「おもしろい所とは、何処ですか？」

「市だよ。近くに内市《うちのいち》というのがある。銭さえ出せば酒もあるし魚も肉も食べられる。それに、女もいるぞ」

前鬼は無空の顔をのぞき込んだ。

「女犯《にょぼん》はだめです。それに獣肉を喰らうなど以《もっ》ての外です」

無空は首を振る。

「女も修行のうちだよ。女知らずで修行がかなうものか。ま、いい。そのうちに分かる。さあ、行ってみないか。女はどちらでも良いから行ってみようではないか。俺か？俺は行った事があるよ。賑やかな市だ」

前鬼は言った。

「ここからそう遠くはない。宇智郡《うちのこおり》の須恵《すえ》という所だ。熊野道と伊勢道の行き交う要所で、いつも大きな市《いち》が立っている。たいていの物は売っているよ。それに様々な人々が集まって来ている」

前鬼の話に少し興味がわいた。

「後学のためだ。行って見ておくべし。さあ行こう」

前鬼は無空の袖を引いて促した。無空はどのような市か見ておくのも悪くはないなと思った。

「ところで、前鬼さん。そこは吉野ではなく宇智なのですか」

「その通り、そこは国中《くんなか》と見なされているのでな、内《うち》という」

「でも、ここはもう吉野なのでしょう？」

「そう。だが、昔から吉野といったのは、この吉野川の向こうの南岸からだ。つまり、この川を渡らないことには本当の吉野ではないのだよ。古《いにしえ》よりこの川を渡った向こうが仙境、吉野の国だ」

「そう言えば天平の頃の吉野監《よしののげん》以前は、吉野国《よしののくに》といわれていたと聞いたことがあります」

無空と前鬼は、濁流が渦巻いて流れる吉野川を左手に見ながら、右岸の川沿いの道を下流の西方に歩いてゆく。この道は西へ行けば紀国へ、東へ行けば伊勢へ通じる道でもある。

前鬼がすぐ近くだと言った宇智郡須恵の市まではかなりの距離があった。

柳渡がある六田辺りの吉野川は浅く、流れも急ではない。ただ、阿陀郷からの下流域は流れが急で岩場が多く、舟の通行ができない難所が続く。

大雨による増水さえなければ、木材を組んだ筏だけは上流から下流まで下って行けるはずであった。

二人が今歩いている吉野川に沿ったこの伊勢道は、西へ行けば阿陀比売《あだひめ》神社の社前を通って、宇智郡須恵に通じている。もちろん、人馬が楽に通行できる道路であった。

宇智郡の中心部の須恵は、水陸交通の要所で各地の物資がここに集まって来ているようだった。人々の往来も多く宿場の様相を呈していた。

下流の紀国から海産物が舟便で紀ノ川を遡って運ばれ、この須恵で陸揚げされる。

また、この須恵から下流の紀国へ大和国中や吉野の産品が運ばれている。

この宇智郡須恵から下流は船が自由に往来できる広さと深さがあり、しかも流れもおだやかで川舟も遡上することができるのである。

早朝に比蘇寺を出立したものの、無空と前鬼が須恵についたのはもう昼時だった。吉野川の増水さえなければ、向こう岸に渡り、とっくに蔵王堂に着いている頃だ。

——仕方がない。今日は前鬼に任せよう。

無空はそう思い、先を歩いている前鬼に言った。

「どこか泊めてくれるような寺でも知りませんか。先に寝処を探しておきましょう」

「知らぬこともないが、まあ慌てるな。日没までにはまだ時間がある」

先に街中を回ってみようと、前鬼は無空に手招きしてさっさと前に歩き出す。

須恵の中心部の交差路に立って通行人を見ていると様々な人々が通る。

市で商品を買い求めようと来た人。市で芸事を行おうとする人。見物人。様々な商品を商いに来た人。旅人・通行人。行商人等々。

魚が入っているらしい生臭い竹籠を天秤で担ぎ、須恵の川津という吉野川の船着き場からやってきた人。これは川魚ではなく海の魚のようだ。魚籠《びく》に川魚を入れて売りに来ている者もいる。それらの商人が各々須恵神宮寺の境内に陣取り、商品を並べて売っている。また、各々が必要とする品を物々交換することもできる。

宇智郡内市

この宇智郡須恵は、陶器《すえき》の産地としても有名で、この陶器からこの地は須恵《すえ》と名付けられたのである。

その昔、この辺りは百済からの渡来人が陶器製作の技術を伝えた郷だった。この地の陶器は品質が良いと評判で遠くからでも買い求めに来ているようだ。特にこの須恵神宮寺境内の市は「内市《うちのいち》」と呼ばれて有名だった。ここは大和国で最大の商取引の中心地でもあったのである。売りたい商品を持ち込み、買いたい商品を買い求める。商品取引場の機能を持ち、様々な物資がここから都に持ち込まれたりもする。大勢の人々がここにやってくるので、いきおい様々な需要も生まれる。宿場や食堂、遊興の施設が自然と求められるようになるのである。そういった施設の増加に伴い、衣食住の他、更に文化的な要望も増えてくる。この市に来ると、様々な珍しい文物が見れるし、売り買いもできるとなると、また人が増える。見物が目的だけの人々もこの市にくるようになるのである。

無空と前鬼も、その見物人になって市を見て回った。市は須恵神宮寺の境内だけでなく、そこから伊勢街道と熊野道の交差点辺りまで、その道ばたに露店が立ち並んでいた。

神宮寺の森の片隅に、遊び巫女がいる小屋があった。向こうからこちらの二人を見て手招きをしている。辺りは夕暮れが近づいていた。今夜はどこかで宿を取らなければならなかった。

どこからか低く忍ぶような歌声が聞こえてきた。

人盛りがしている方へ近づくと、境内の片隅、樟《くす》の大木の下で、何やら歌いながら草芝居を演じて見料を乞うているようだ。

前鬼が人混みをかき分けて覗き込んだ。無空も隙間から覗く。

見ると、男が二人、女が一人。葛《かずら》の蔓《つる》で絡められた女と男を、一人の男が押さえつけ、棒切れで殴りつける仕草をしている。

捕らえられようとしている男と女が、喘ぎ喘ぎ歌う。

土蜘蛛に平蜘蛛に　なぞえられ
ツタに絡めて　捕えられ
土に這わされ　殺される
木を這うツタのように　朱に染まる
ツタかずら　クズかずら
大木《おおき》にまつわり　生くるかや

「ツチグモめらッ、そらッくれてやる！」

突然大声がした。

その声と同時に群集の中の男が銅銭を一枚、彼等の前に投げ込んだ。

演じていた女が、その銅銭を拾おうとして手を伸ばす。ところが、それより早く銭を投げた男が素早く飛び出し、その銅銭を踏みつけた。

「やいッ女郎グモ。欲しけりゃ俺の足うら舐めてみなッ」

男はちびた草履を履いた汚い足を女の顔前に差し出した。女は反射的に後へ飛び退った。

「どうした? 女郎グモ。ん、銭が欲しくねえのか。ようッ?」

いつのまにか男の後に三、四人の荒くれが立っている。

「それとも俺がその金でお前を一晩買ってやろうか?」

男の目は女郎グモと呼んだ身体をねめ回した。

「俺の足が舐められないなら、この場から立ち去るか、それとも草場代を払え!」

そうだ、そうだと周りの荒くれ共が叫ぶ。

とうとう、ごろつきが馬脚をあらわす。もともと銭稼ぎが目的らしい。

「いい加減にしなさいッ」

無空はたまらず飛び出した。

横にいた前鬼が止める間がないほど素早い動作だった。無空は男達を睨みつけた。

「どこの坊主かしらねえが、怪我をするぞッ、引っ込んでおれ！」

荒くれ共が威嚇した。無空は怯まず、更に一歩前に踏み出す。横で前鬼も身構えている。

一触即発の不穏な空気になった。

「お坊さん！ちょっとお待ち！」

それまで黙って見守っていた女郎グモと言われた女が口を挟んだ。男二人も立ち上がった。一人の男は、先ほどの棒切れを持ち直して身構える。もう一人の男は傍らの石を掴んだ。女はどこに隠し持っていたのか短刀を片手に握っている。

そうなると今度は荒くれていた男共が怯んだ。彼等は全員で五人、無空の側も五人である。弱いと見て侮り、銭をせびろうと絡んだが相手は思いのほか強そうだった。男達は顔を見合わした。

「ええい、痛い目にあわせてやれ」

頭目らしい男がどなったが、女は怯まず、かばうように無空の前に立ち塞がった。

「お坊さん、これはあたしたちの喧嘩だよ。下がっていな！」

女は無空にどなった。乱闘になりそうになった。無空は女の前に、さらに回り込んで、荒くれ男達の真ん前で立ち塞がり両手を広げた。

「お前達、もうやめよう！、私が場所代を払おう」

無空は頭陀袋《ずだぶくろ》から銅銭を二枚出して頭目らしい男の目の前につきだした。

「少ないだろうがこれで勘弁してくれないか」

無空は不服そうな頭目の目を見ていった。頭目の男は一瞬考えた。

――喧嘩をしても勝てるとは限らぬ。相手は存外強いかも知れん。これで矛《ほこ》を収めた方が良さそうだ。金は少ないが面目は保たれる。

「よし、今日の所は許してやろう」

頭目は、銅銭を引ったくると苦々しそうな顔で言い、地面に残っていたもう一枚を拾うと、男どもを連れて引き上げていった。

「お坊さん、ありがとう。お陰で助かったわ。あたしは金岳の巫女よ。ハニメと呼ばれているわ。お坊さんは？」

女は礼を言った。後にいる二人の男も腰をかがめた。

「私の名はムクウ。でも沙弥《しゃみ》[2]ではない。ただの優婆塞《うばそく》です」

周りにはどうなることかと見物人が集まっていたが、何事も起こらず済んだと知って見物人らは散って行く。

もう夕暮れだった。市の商人達は後片付けをはじめた。もうすぐ夕闇がせまる。

「お坊さん。あたしたちは帰りますが、今夜はどうなさるの？」

ハニメが無空に聞いた。

「野宿でもしようかと考えていたところです。どこか屋根の下を貸してくれるような所を知りませんか？」

「ここの寺に知り合いがいるので頼んであげましょう。あたしも今夜はそこで泊まるから」

仲間の二人と別れると、ハニメはこの市が開かれていた須恵神社の境内にある小さな寺に無空らを案内した。そこの僧と知り合いらしい。

出てきた老僧は、無空らの風体を見たが、ハニメの紹介もあり信用したのか、納屋を貸してくれることになった。

「狭い部屋ですみませんね。それに先客がいるのです。それでも外で寝るよりましですよ」

そう言って、ハニメは無空らを納屋に案内した。

先客は若い女一人だった。無空は納屋の中を見回した。隅に数枚の筵《むしろ》が重ねて置かれている。これで何とか寝れるだろう。ハニメは先客の女と話をしている。これも知り合いのようだ。

「お坊さん、ここなら泊めてもらえますよ。それに先客も了解済みです」

「ここで十分だ。ありがとう」

無空らはここに一晩世話になることにした。先客の若い女に近づくと会釈して言った。

「すまない。私たちもここにお世話になることになった。よろしく」

若い女は了承のかわりににっこりと頷いて見せた。

筵を敷いて四人がなんとか横になれる。無空は前鬼と、ハニメが先客の若い娘と並んで寝ることになった。

「この娘《こ》の名はニホメといいます」

ハニメが紹介した。

紹介された若い娘は、無空と前鬼それぞれに頭を下げる。

「私の名はムクウ。連れはゼンキという」

前鬼は、ちぢれた短い髪の頭を掻いて姿に似合わず、気恥ずかしそうに会釈をする。

「わたし先ほど、お坊さんを見かけました」

ニホメはじっと無空の目を見つめて言った。

「先ほどこのハニメさんにも言ったのだが、私はまだ沙弥ではないのです。

無空と呼んでください」

「では無空さん。あなたを夕方宇智の市でお見かけしました。あのような勇敢なお坊さん、見たことがありませんでした。人込みの中から、わたしも見ていたのです。それにわたしが感心したのは誰もが怪我をすることなしに収まったことです」

ニホメの瞳はまたたきもせず、無空を見つめたままだった。


しばらくこの里の話を娘達二人から聞いていると、夕飯どきになったが、男二人は何も食べる物を持っていなかった。

女二人は、それぞれ竹の皮に包んだ食べ物を出した。

「強飯《こわめし》[3]よ。ひとつ食べて」

ニホメが言った。そして竹の皮にくるまれた丸く握った強飯のうちの一つを手にして無空に渡した。竹の皮に包んだそれは美味しそうだった。味噌が付けてある。

それを見て、ハニメも同じように自分の竹の皮から、一つ手にとって前鬼に渡す。二人はそれぞれ二個ずつ持ってきていたのだ。腹の空いていた四人はすぐに食べてしまった。

この時代の食事は一日二食なので、朝飯を摂ってからもう随分と時が経っていたはずだ。

「前鬼さんだったかしら。そう、前鬼さんね。あなた方は明日何処へ行くつもり？」

ハニメは前鬼に聞いた。

「拙僧は何処へ行こうか決めていない。無空の行くところへ一緒に行くつもりだ」

なあ無空、とでも言うように無空の顔を見る。無空と話すときには、俺と言っていた前鬼が、拙僧と気取って言うので無空は可笑《おか》しかった。それに前鬼は(蔵王堂に行きたい）と言っていたのに、とぼけている。

「吉野へ行こうと思って来たのですが、どこか修行のできる所を知りませんか」

無空はハニメとニホメを交互に見て言った。

ここでいう吉野とは、吉野川の南岸いわゆる丹生《にう》の里のことである。吉野は昔、吉野国と一般的にいわれていた。その後の行政改革で吉野監と呼ばれたこともある。今は吉野郡《よしののこおり》となり、吉野・加美《かみ》・那賀《なか》・資茂《しも》の四郷を行政区としていた。たとえば、比蘇寺は以前は吉野国ではなかったが、今は吉野郡資茂郷に加えられている。

修行のできる所と聞かれた二人の娘は顔を見合わせ、

「それなら、ねえニホメ。あなたの兄《いろえ》さまがいるあそこがいいのじゃないの？」

「桜元坊《さくらもとぼう》のことね。でも、あそこは寺院というよりも修験の道場よ」

ニホメは一度首を横に振り、そして言った。

「修験ですか、その方がかえって良い。できれば案内してください」

無空が言うとニホメは了解し、明日案内しましょうということになった。

ハニメは住み込んでいる金岳《きんだけ》の寺にかえるという。

注

1 文字通り草場の利権。寺社境内の出店者から利益の一部を徴収するその代金
斃牛馬の処理権なども含む

2 男性の出家者だが具足戒は受けておらず、正式な僧ではない

3 うるち米の蒸し飯。たいていは小豆や黒豆を混ぜている

宇智郡内市

吉野蔵王権現

桜元坊《さくらもとぼう》は、この寺院の代々別当を務める吉野連《よしのむらじ》がその昔、天武天皇から賜った日雄寺《ひのおじ》がその前身であった。

ニホメによれば、その桜元坊へは宇智郡の須恵神宮寺から二辰刻（四時間）ほどで行けるという。早朝、寺を出た四人は揃って柳渡《やなぎのわたし》へ向かう。

吉野川に沿った道を東へ進む。昨日増水していた川は随分水量が減ってきていた。これなら何とか渡舟は出るだろうと、この地に明るいハニメが言う。

柳渡に着いてからしばらく待たされたが、ハニメが言ったように舟は出された。

向こう岸についてから、無空《むくう》ら三人と別れて、ハニメは西の方へ去って行った。

無空ら三人は東に向かう。道中のニホメの話では、ハニメは吉野三山、金岳にある金山寺に住み込んでいるという。一方、ニホメも同じ三山の一つ、銀岳の海部峯寺《あまべのみねでら》で伯父と住んでいると言ったが、ニホメの兄《いろえ》が桜元坊にいるというので、ニホメの案内で三人は吉野山へ向かった。

吉野山は役行者小角《えんのぎょうじゃおづぬ》が開いた山で、ここには小角が感得したと伝わる蔵王権現が、彼らが蔵王堂と呼ぶ堂宇《どうう》に祭られている。

蔵王権現は、この辺りの山伏が尊崇する神とも仏ともつかぬ神格で、彼らから厚く信奉されていた。この蔵王権現を祭る蔵王堂のすこし上手に桜元坊はあった。

入り口は唐風の門構えだった。山伏風の男が主人に接するようにニホメの前で腰をかがめて指示を待つ。ニホメが来客だとその男に告げると、男はニホメの手荷物をうやうやしく持ち、案内に立った。

――ただの娘ではなさそうだ。

無空はそう思った。

山門を入ると急な石段が曲がりながら、屋根筋高台上の屋敷に続いている。玄関を入ると先に立って案内していた男が奥に知らせに行った。すぐにこの屋敷の主人とおぼしき人物が玄関に出てきた。

「兄者《あにじゃ》、この方達は私がお世話になったお坊さんです」

ニホメは、兄者と呼んだこの屋敷の主に無空と前鬼を紹介した。

「私は、角行《かくぎょう》と申す。妹《いろも》がお世話になったそうでかたじけない」

角行が礼を言った。

「世話になったのは私達の方です。ありがとうございます」

無空と前鬼は揃って頭を下げる。ニホメはどのようないきさつで知り合ったかを兄に話して聞かせた。

無空は、我々は未だ沙弥戒《しゃみかい》も経ていない優婆塞《うばそく》です。少しは仏教を学びましたが今しばらく修験を学びたいのですと、山岳修行への意欲を述べる。

無空の風体を見、その話を聞いた角行は言った。

「分かり申した。いつまで居てもらっても良い。その代わり他の者と同様の雑用もしてもらいますよ」

「ありがとうございます。寝場所《ねぐら》の無い優婆塞の身分、助かります。感謝いたします」

「ハハハ、儂《わし》はの、蔵王権現を崇《あが》め、修行したいという優婆塞らに寝床を提供しているだけだ。だから気をつかわなくて結構だ。その代わり衣食はそれぞれ自分で確保してもらう」

角行は笑顔でいう。

「付け加えると、ここでは何をしても文句を言われることはない。好きになりなされ。何事も自分の責任でやればよいのであって、他の大寺院のような戒律は一切無い」

無空や前鬼にとっては願ってもないようなことだった。

二人に宿坊が割り当てられ、三人はその宿坊に入った。

無空がニホメに尋ねる。

「ニホメさんの兄さんは一体何者なのですか？　いや、失礼。どういう方なのですか。僧侶ではないのでしょう？」

無空は慌てて言い直した。

「無空さんはご存知ないのですね。その昔、天武天皇から初代井角乗《いのかくじょう》が吉野真人《よしののまひと》の姓《かばね》と併せ賜った日雄殿がこの日雄寺・桜元坊の前身と伝わります。

その流れを汲む当家はその時から吉野連で、代々この寺の別当職をしております。兄の井角行《いのかくぎょう》が今その別当を継いでいますので僧侶であることに違いはありません。その一方で各地で鉱山《おやま》の経営をしています。実は私たちは丹生《にう》族なのですよ」

丹生族は本来は丹の採鉱精練を生業としていたのだが、今は金・銀・銅・鉄とあらゆる金属の採鉱と精練を手がけていた。彼らの先祖は吉野古代部族の井光《いひか》（井氷鹿）だといわれていた。

「そうでしたか。並の僧侶ではないと感じていました。ところでニホメさん。昨日のことですが、あなたの知り合いのハニメさんという方、内市《うちのいち》で草芝居を演じていましたが、あれは何なのですか？まさか生活に困っての銭稼ぎではないように思うのですが」

無空は、丹生の娘ニホメに続けて問う。

「はい。仰せの通り銭稼ぎが目的ではありません。ときどき巷の人々の様子を見るため、大勢の人が集まる市に出かけています。もうお分かりでしょう、あのハニメという娘《こ》も、仲間の男たちも皆同じ丹生の一族なのです」

ニホメは説明を続けた。

「丹生族の古い先祖は、古代吉野の三部族の血を引く者が多く、その一部は古代「土蜘蛛」などといわれて蔑まれました。その通り、主な生業は土にもぐり穴の中で作業する金堀《かなほり》だったからでしょう。それはそれで生来《せいらい》の仕事だから良いのですが、今、私たちだけに限らず民衆は生活に喘いでいます。それは国が安定した良い政治《まつりごと》ができていないからだと思うのです。それで、この世の中を変えるだけの実力を備えた人物の到来が求められます。私たち丹生の一族は代々天皇家に仕えその政権を陰から支えて来ました。ところが、その仕組みが近頃は乱れ、正しく作用していません。そこで私たちは改めて天皇を頂点とする新たな仕組み作りに取り組み、その政権を今まで通り陰から支えたいと考えるようになったのです。これは丹生一族の総意であり、我等主《あるじ》が申していることなのです。それで、天皇をも動かせるほどの影響力を持つ人物を、私たちは広く世間に求めているのです。そのようなことから世の中のことを知るためにも、時々巷に出向いているのです」

明くる日から、無空と前鬼の二人は山伏となった。

桜元坊には僧形の男達二十人ばかりが住み込んでいて、境内にある宿坊で寝泊まりをしていた。

境内の一角には「井光神社《いひか》」と扁額《へんがく》の架かった社があった。修行仲間の先達《せんだつ》に聞くと、そこは水光姫《みひか》という女神が祀られており、その神は吉野丹生族の主祭神だそうで、吉野連の一族が代々鄭重に祭っているという。この桜元坊においても例外ではなく、神仏混淆《こんこう》で別当職が寺社ともに取り仕切っていた。そしてここの別当職は吉野連でもあるのだ。

桜元坊の一日は、賄い当番を除いた全員による早朝の掃除から始まる。掃除は、修行場になっている蔵王権現を祭る蔵王堂も含まれる。

すべての掃除が終わると、蔵王堂で朝の勤行だ。般若心経を八回読誦《どくじゅ》する。それが済んでから桜元坊へ戻り朝食である。食事は朝夕の二回のみで、朝は玄米と雑穀を混ぜた蒸し飯だった。これはいつも同じものである。それに汁が一椀付けられる。

味噌味の煮物汁だが、これには季節の野菜が入る。山菜のワラビやゼンマイ、キノコが入れられることもある。時には川魚が入ることもあった。副菜《おかず》は持ち寄りなのでいつも同じとは限らなかった。

食事が済むと雑務をする。兄弟子から命じられた作務《さむ》をするのである。薪取り、薪割り、境内整備や修理もある。草むしりや手仕事、女手がないので洗濯もある。

そして、残った時間が修行に当てられる。修行は山野を跋渉《ばっしょう》する者、滝に打たれるなど水行をする者、断食をする者などいるが、多くの修行者は求聞持法《ぐもんじほう》の成就を目指しているので、虚空蔵菩薩の真言《マントラ》を時間が許せる間唱え続ける。できるだけ静かな場所に行って修行した方が会得しやすいというので、たいていの修行者はこの桜元坊を拠点にして近場の山林へ行って修行することになる。

真言は「ナウボウ・アキャシャ・ギャラバヤ・オンアリキャ・マリボリ・ソ

ワカ」というが、この真言を一日一万回、百日休みなく続けなければならない。求聞持法を体得するには、東・南・西の開けた土地で修するのが良いとされている。日雄寺・桜元坊では人の出入りのない静かな場所が確保できないのでこの修行は続けられない。この秘法を本気で修得しようとすると決死の覚悟で一人山塊《さんかい》に分け入り、誰にも邪魔をされない場所を選び、修行するしかない。

それで、本格的な荒行に入る前、ここ桜元坊では、修験としての山塊を渡り歩く体力を養うとともに、岸壁によじ登る技術、たった一人でも山中で生き抜く知恵などを先輩から学ぶのである。学ぶというより先輩の動作を見て真似るのだ。

深山には危険がいっぱいある。山中では、空腹になった狼は群れをなして人をも襲う。熊も自分の縄張りに進入すると攻撃してくる。

まず初めに無空と前鬼は、山伏の誰もが持っている金剛杖《こんごうづえ》が欲しいと思った。それは山野を跋渉する山伏の必需品で、いざとなれば武器にもなる。そこで、先達の杖を見せてもらって同じようなものを作ることにした。先達の金剛杖は八角の棒になっていた。聞くと檜木《ひのき》を削って作っているとのこと。長さは持つ者の好みによるが、自分の背丈位が良いだろうという。

二人で山に入り適当な太さの木を伐って来た。八角に自分達で削るのは難しいので、檜皮《ひわだ》を剥いた丸棒のままで使うことにした。無空は、中肉中背の自分の背丈と同じ長さにした。前鬼も無空の杖と同じ長さにしたので誰の目にも長い。その姿を見ると、前鬼が本当に修験だったかどうかは怪しいものに思える。

二人はこの桜元坊と蔵王堂を拠点として、近場の山地に出かけるなど、修行に明け暮れることになる。その手にいつも手作りの金剛杖を持って。

丹生族の女人

「無空《むくう》よ、丹生《にう》の娘がお前に会いたいとよ」

夕方、先輩の修験者が、厨房で賄いの準備をしていた無空のところへやって来た。

「お前、丹生の里へ行ったことがあるのか？　金岳《きんだけ》八幡の巫女だと言っていたぞ。隅におけない奴だな無空は。どこで知り合ったんだ？」

先日のハニメのことだろうと思い当たったので、無空は応えた。

「いえ先日、内市《うちのいち》で出会っただけですよ」

「昼に来たんだが、お前が修行に出てたんで、夕方しか帰って来ないと言ったんだ。そしたら、夕方にもう一度訪ねて来るとよォ。どうだ勿論会うだろう？」

無空が黙っていると、

「なかなか佳《い》い女だったぞ。『会うはずだ、来てよい』と勝手に言っておいてやった」

先輩の修験者は無空の表情を見ながら続けた。

「大部屋だと女に会えないだろう。よし、今夜は隣の小部屋を使わせてやろう。

なに、遠慮はいらん。この俺も時々使う部屋だ」

何もかもこの先達《せんだつ》は勝手に決めてかかっている。

「今夜、そこで待っているといい、当番の若い衆には女が来たら案内するように言っておいてやる」

先輩は意味ありげな笑いを浮かべて戻ろうとしたが、思いついたように付け加えた。

「おい、無空っ、今夜は特別だ。部屋は朝まで使っていいぞ。お前も女くらいは知らんとのォ」

そう言うと、唇の端を歪めて見せた。


日が暮れ始めた。無空は厨房の隅でそそくさと夕食を済ませると、小部屋に向った。それは修験者が雑魚寝する大部屋の向こう側にある。

大部屋の前の廊下を通る時に顔見知りの修験の一人から、

「女が来るんだってナ、がんばれよ」などとからかわれた。

夜の帷に包まれて小部屋は暗くなってきた。部屋の片隅には夜具が畳んで置かれている。無空は部屋のまん中に夜具を延べると正座した。灯明に火を点じ、懐から経書を取り出して昨夜の続きの処から読み始めた。

女はなかなか現れなかった。初めは心待ちにしていたが、書を読んでいると途中からそのことを忘れてしまった。

不意に尿意を催して厠に行こうと立った時に女のことを思い出した。部屋に戻り、なお待っていたが、女は来ない。

経書の暗誦をしようと寝床に横になって経文の記憶を辿っていた。

そのうち、うとうとと眠くなってきた――。

――あたしも大名草彦《おおなぐさひこ》別れの裔《すえ》よ。

――それで女よ、おまえの名は何という?

――あたしの名はハニメ、この山で暮らしている。御坊のお名は何というの?

――ハニメか、良い名だ。俺はマイヲいう風来の優婆塞《うばそく》だが、マオと呼んでくれれば良い。

――マオ。いい男ね、あたしはあなたが好き（女が耳元でささやいた）

「おッ、…? 夢か!」

つい眠り込んでいたようだが、生々しい感覚で目を醒ました。誰かがそっと無空の夜具の中に身体を忍び込ませてくる。冷たい足が無空の足に絡みついた。女が無空の部屋に忍んだことに気付いた隣の部屋から囃し立てるような歌が聞こえる。無空には誰が寝床に忍んできたのかはっきりと分かった。

愛《いと》し殿御よ、こっちゃ向いておくれ
ヨサホイ　ヨサホイ
早く抱いてよ、愛しゅてならぬ

焦らさないでよ　ヨイヤサ　イヤサ
祭礼《さーいれ》　祭領《さーいりよ》
愛し殿御よ、ヨサホイ、ヨサホイ

何人かの修験者が手を叩いて囃したてる声が続いて聞こえていた。村の祭りの宵宮で、若衆《わかしゅ》らがよく歌う囃し唄らしい。

女は無空の首っ玉にしがみついて無空の頬に唇をつけてくる。

無空も左に寄り添っている女の衣《きぬ》の合わせ目からそっと乳房に触れてみた。初めて触れる女の乳首を、熟れた木苺の実のようだと思った。そっと指先でつまんでみる。今にも潰れそうな感触だった。

女は、フーッとため息を洩らす。

無空はこの熟れた小さな果実を口に含みたいと思った。

女が身体を捻り寄せたので、果実は無空の唇に触れた。

女の色香に無空は湧き上がるものを感じていた。修行中の山伏とはいえ、もとより無空は健康な一人の若者だった。

男達の囃す声は繰り返し続いている。どこで手に入れたか濁り酒でも飲んでいるようだ。

木苺は甘美だった。たまらず、無空は女の上から被さるように乗りかかった。下から絡みついた女の脚が温かい。

「ムクウ、あなたは女を知らないのね」

そう言うと、女は自分で衣の前を広げた。

「あたしが教えてあげる。いい？よく見るのよ」

ぎこちなく上に乗りかかってきた無空の顔を、自分のその部分が見える位置まで押し下げた。壁から反射した僅かな灯明の明かりに女陰がうかぶ。

がむしゃらに挑みかかる男を、女は上手くみちびいた。

酔っぱらって寝てしまったのか、修験者らの野卑な歌はもう聞こえてこなくなっていた。

無空はめくるめく快感におののかされた。男と女にはこのような秘儀があったのか。無空はこの行為そのものに恐れを抱いた。

しばらく女の動きに身を任せていると、頭の中が真っ白になり、肉の快感だけが魂を支配した。すぐに身体の中心から痙攣が走り電撃が脳天に突き抜けた。瞬間、ありったけの情熱がほとばしった。

これは神仏に対する冒涜ではないのか。自分は大きな罪を犯したように思った。

——後に、紀国の有力者に送った空海の手紙に、

「私、空海は大名草彦の別れの裔《すえ》で、先祖は同族」という意味のことが書かれている。ここで無空はハニメに話さなかったが、無空も先祖は同族ともいえる一族だったのである。

丹生のハニメが帰ったあとも無空たちの修行は続いていた。

山伏に必要な資質は、まず体力と胆力であろうと思えた。先達が教えるものは特になかったが、修験とも山伏とも人が呼ぶ彼らは、役小角《えんのおづぬ》が感得したとい

う蔵王権現を崇め、深山幽谷を跋渉《ばっしょう》して験力《げんりき》を獲得することを旨とする。深山の獣道に分け入り、急峻な岩場をのぼり、体力の限界に挑む。

そうした肉体の極限的状況の中で神気に触れ、おのれを高め神仏との交歓を求める。ひたすら歩き、滝に打たれ、極端に食事や睡眠を制限する。

修行のため入山すると、先達の山伏は、「お前達は、ここで死んだのだと思え」と言い、命を預けることを求める。実際に命を預けるのと同様の状況になるのである。先達の命令は絶対であった。修行で山塊《さんかい》を渡る時、その歩行についていけなければ捨て置かれる。未知の山間に置き去られれば、それは死を意味する。道に迷い山犬の餌食になるからである。また糧食が尽きると飢え死にもする。そのようなことからも山伏の修行は文字通り懸命なのであった。

無空と前鬼は、命懸けは承知の上だった。もとより自ら求めて修験の仲間に身を投じたのである。ただ基本的なことだけは教えられた。まず瞑想における呼吸の仕方、縄の結び方、食べ物が無くなった時に食べられる植物。それに方角の見方である。昼は日輪の位置で方向を見た。夜は星の位置で計る。勿論のことだが空が曇っていれば分からないのは言うまでもない。

その他のことは先達の山伏のやり方を見て学ぶしかなかった。大学では決して教えてくれなかったことばかりだった。

病気を治す薬草と毒草の見分け。魚の捕り方。獣に罠をしかけるやり方。護身のための武術等々。他には、修行に入ってから分かったのだが、鉱脈の見つけ方などがあった。

山伏の一部の人間は、犬飼《いぬかい》といわれ、金・銀・銅、そして朱砂などの鉱物を探査していた。彼らは修行をしながら実は鉱脈を探していたのだった。卓越した験力を持つ、犬飼と呼ばれる山師は、山相や地相、繁茂している植物で地下の鉱物が分かるらしかった。


毎日のように無空と前鬼は、修験の仲間等と山野を駆け巡った。

そうしているうちに無空は二十一歳になっていたが、無空の頭を離れないのは求聞持法《ぐもんじほう》を成就させることであった。飛躍的に記憶力を増大させるというこの渡来の秘法を一日も早く我がものにする必要があった。そのためには大勢で山野を歩きまわっても駄目なことは分かっていた。

——このあたりで彼らと離れて、一人で修行に励もう。

無空は決心をした。

修行を終えたある日の夕方、無空は桜元坊の大部屋で前鬼に言った。

「前鬼、私はこのあたりで山伏を止めて、仏道の修行をしたいと思う。だから明日から一人で行きたいがお前はどうする」

「私はもう少しここに居たいと思うのですが、無空さんがここを出て行くというのなら私も一緒に出ます」

「前鬼、お前は求聞持法を我がものにしたいと思わないのか。この法は一人でないと成就できないぞ」

「分かっています。でももう少し一緒に居たいのです。修行の邪魔はしないようにしますので、もうしばらく付いて行かせてください」

二人の間で、言葉遣いが少しずつ変わってきていた。前鬼は、起居を共にするようになってから、知らぬ間に無空に尊敬の念を抱くようになっていた。自分とは何かが違う、背負っているものが違うとしかいいようのない威厳が感じられた。生い立ちは何も聞いていないが、あるいは名家の生まれかも知れないと前鬼は感じていた。

前鬼は無空が何と言おうとついて来るつもりでいるようだった。

その日のうちに、無空は桜元坊の主《あるじ》、井角行《いのかくぎょう》に申し出た。前鬼とここを出て、抖藪《とそう》[1]を始めたいと願い出たのだ。

「無空よ、お前は山伏で終わる男ではないと前から見ておった。初めに言った通り好きにすることだ。存分に自分が信じる道へ進むがよい」

角行は気持ちよく了解してくれた。

「ありがとうございます。では早速ですが明朝出立させていただきます」

無空は、明朝とはっきり口にすることで覚悟を決めた。

「ところで無空、どちらへ向かうつもりだ?」

「はい。ここを出ますと、とにかく南へ南へと行こうと思っております」

「そうか、それは良い。それなら先ず吉野三山へ行くがいい。こちら側から順に金・銀・銅と三つの山がある。その山頂の神社にはそれぞれ宮寺《みやでら》があって、我らが一族の者が別当をしている。修行をしたいと言えば受け入れてくれる筈じゃ。儂《わし》の名を出しても良いぞ」

ただし、と角行は続けた。

「銅岳の白雲庵の庵主だけは厳しいぞ。無空を認めるとは限らぬ。あのお方は我等が一族の主、吉野真人《よしののまひと》その人なのじゃ」

注

1　本来は煩悩をはらって、ひたすら仏道修行にはげむことだが、乞食《こつじき》・托鉢をして各地を遊行《ゆぎょう》して廻る意味

丹生の里と吉野三山

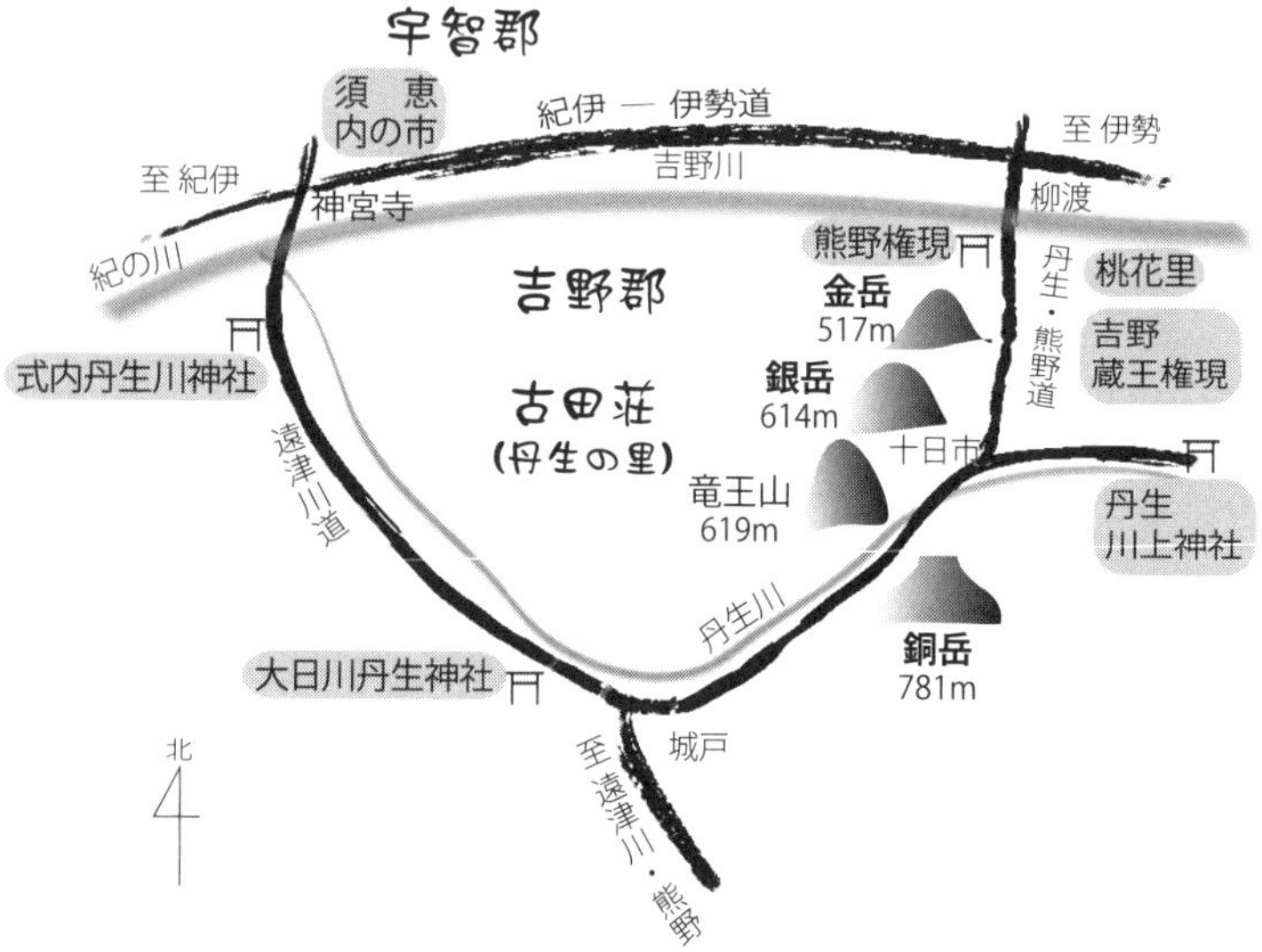
宇智郡
須恵
内の市
紀伊 ― 伊勢道
至 伊勢
至 紀伊
吉野川
神宮寺
柳渡
紀の川
熊野権現
丹生・熊野道
桃花里
吉野郡
金岳
517m
吉野
蔵王権現
式内丹生川神社
銀岳
614m
古田荘
(丹生の里)
十日市
竜王山
619m
丹生
川上神社
遠津川道
丹生川
銅岳
781m
大日川丹生神社
城戸
至 遠津川・熊野
北

金岳と銀岳

次の日、無空《むくう》と前鬼《ぜんき》は優婆塞《うばそく》の身こしらえのまま吉野三山へと向かった。桜元坊《さくらもとぼう》の山門を出ると蔵王堂の前を通り、この山を下りていく。吉野川に突き当たると左に折れて、川沿いの道を桃花里《つきのさと》へ向かう。この邑《むら》へ出ると秋津川に沿って南へ上り、吉野三山の一、金岳へ向かう。道中、道が三叉路になった角に熊野権現という社《やしろ》があった。社頭で二人は並んで拝礼をする。「左　とつかはくまの」、「右　ゑ《え》しぬ　木のくに」と記された道標のある角を右にとる。道は上り坂だった。

二つほど集落を通り、さらに上がると右側に木造の鳥居を見た。石柱には「金岳《きんだけ》八幡」と刻されていた。鳥居をくぐると木立の間に急で細い山道が上方に続いていた。ここが目指す吉野三山のひとつ、一番北側の金岳だった。

山頂間近の石段を上がると社頭に出る。右に小祠《しょうし》があった。これが金岳八幡だろうと思われた。左に寺がある。金山寺である。寺門を入ると、若い女が駆け寄ってくる。

「やっぱり、無空さんね。それに前鬼さん」

声の主は丹生《にう》の娘、ハニメだった。顔を合わすのは久しぶりだった。懐かしかった。ハニメも今にも抱きつかんばかりに近づいてくる。

じっと見つめ合うと、ハニメの目に涙が溢れてきた。健気《けなげ》にじっと会えない辛さに耐えていたのであろうと感じられた。無空は力一杯抱きしめてやりたい衝動がこみあげた。

「よく来てくださいました。まず中にお入りください」

寺に入ると年配の僧が顔を出した。無空が名乗ると、

「拙僧は恵真《えしん》と申す者。ハニメから聞いております。お世話になりました」

「いえ、こちらこそ…」

ハニメがどこまで話しているか分からないので、どう答えれば良いのかと戸惑った。しかし、今そのままを話すしかない。自分達は今仏道の修行中であること。昨日まで桜元坊《さくらもとぼう》で修験をしていたこと。今は求聞持法《ぐもんじほう》の修得を目指していることなどを話した。

この無空の話に対して恵真は、桜元坊の角行《かくぎょう》は同族で知己《ちき》であること。その

角行から無空のことを聞いたことがあり、見所のある男だと言っていたとも話してくれた。この金山寺では雑務をこなしながら、思うように修行してもらって良いが、この後更に修行を続けるなら、この金岳のすぐ南の銀岳へ行き、その次にその南側の銅岳へ行くがよろしかろうとの意見を述べてくれた。

恵真が自室に引き上げるとハニメが言った。

「恵真さんには父親代わりに育ててもらったのです」

幼い頃に母親が病で亡くなり孤児になっていた自分を、この金山寺に引き取って育ててもらったこと。今は寺の雑務をしながら八幡宮《おみや》の巫女もしているが、実の父親以上に良くしてもらっていると話した。

無空と前鬼は、ハニメに境内を案内してもらった。

この境内には鎮守社の八幡宮もあって、神仏混淆《こんこう》である。併せて別当の恵心が寺社共に執り仕切っているという。

ハニメは、本堂へ二人を連れて行ったとき、宿坊代わりに使っている本堂脇の別棟の部屋があなた方二人の居室になると思うと言った。そこは大部屋でハニメも使っているという。そして、もう一人いる若い見習僧は、寺務処裏の納戸で寝起きしているということだ。

金山寺での修行生活が始まった。

山内で顔を合わせると、ハニメは無空に訴えるような視線を送ってくる。無空はできるだけハニメと二人だけにならないようにしたが、避ければ避けるほどハニメの姿態が思い出されて仕方なかった。

夜、無空はハニメのことを思い浮かべて悶々とした。小さな寺のことでもあり、すぐ隣に衝立《ついたて》を隔てただけでハニメが寝ていたからだった。寝息が聞こえ、あのときのハニメの身体が悩ましく思い出された。

無空は、そうした妄執を振り払おうと作務《さむ》でがむしゃらに身体を動かした。

午前はまず掃除からだった。その後は様々な雑用を引き受けた。

寺には他に若い見習僧が一人いた。名は小覚《しょうかく》というと聞いた。時間があると恵真は、本堂で仏教経典をひもとき、無空と前鬼に教えてくれた。見習僧の小覚も同席して聞いていた。無空が知っていることも多かったが知らないこともあった。

午後の空いた時間は、前鬼と二人で薪を取りに行ったり、里に行って穀物をもらってきたりした。小覚を交えた三人で作業することも多くあった。無空と前鬼は、世話になっているお礼に、せめて一冬過ごせるだけの薪を蓄えておこうと山に這い入り、倒木を切り、斧で割って薪をつくり軒下に貯めた。また、吉野川まで下り、アユやウナギを捕って持ち帰って皆んなで食べたりもした。一部は日干しにして保存もした。

ある時、前鬼が無空に言った。

「無空さん。無空さんはあのハニメさんが好きなんでしょう」

何となく分かると言うのである。あの夜の事は前鬼に話していなかったが、修験の仲間から噂を聞いているかも知れないと思った。

「正直に話しますよ、無空さん。私は羨ましいのです。あの時から私はニホメさんを忘れられないんです。惚れてしまったみたいです。それなのに、あの時から一度も会ったことがない。それに比べて無空さんはハニメさんとイイ仲でしょう」

前鬼のいうあの時とは、宇智郡の内市《うちのいち》での出会いのことである。

――ああ、やっぱり前鬼は知っていたんだ。

無空は観念した。

ひと月ばかり金山寺にいて、薪も十分蓄えられたしこの辺でこの寺を離れようと無空は思った。前鬼は銀岳へも一緒に行きたいという。

――銀岳にはニホメさんがいる。そうか、前鬼はあれからずっとニホメさんに会いたいと思っていたのか。

無空は独りつぶやいて合点した。

――やはりこの金山寺には長居はできない。

無空はそのように思った。

一方で、これだけ世話になっていながら、あまりにも身勝手ではないかとの思いもあった。それにハニメに対しても、あまりにも薄情ではないかとも思う。しかし、ここで決断しなければ修行を続けられないことは明白だと。

無空は、別当の恵真の自宅へ出向き、自分の身勝手さに対して許しを乞い、心から詫び、暇乞いをした。

翌日、出立の時、ハニメは山門でいつまでも手を振っていた。後ろ髪を引かれるような思いをしたが、無空はその気持ちを振り切った。自分は人並みに女を幸せにできる男ではない。一人の女を愛せる資格がないとも思う。まだまだ棘の道が続くのである。いつ果てるとも分からない修行が待っているということれからの遠い道のりが予感できたからだった。

――やはり一人で修行しよう。今は一日も早く求聞持法を修得することに専念しよう。

無空は心に決めた。そのためには今度こそ前鬼と別れ、別の道を行かねばならない。次の銀岳へは仕方なく一緒に行くが、それから先は一人行動だ。そう思いながら無空は南に向かって歩いていった。その後ろを前鬼は例の背丈より長い金剛杖を片手に持って、まだ従《つ》いてきている。


銀岳が近づいてきた。金岳を発ってから三刻(一時間半)位しか歩いていない。

この山は、吉野三山の北側から二番目の山で、その昔、役行者小角《えんのぎょうじゃおづぬ》がこの銀岳に籠もり、修行したという。小角が祈っていると神女が現れ「鎮護国家化導群衆」と告げて石窟《せっくつ》にかくれたという。以来この山の神を神蔵大明神《かみのくらだいみょうじん》と呼び慣わし、吉野修験の先達《せんだつ》は奥駆けの際、この社頭に立ち寄るのが恒例となっていた。山頂には地主神の波宝神社と海部峯寺《あまべのみねでら》がある。神社にある寺には、別当と呼ばれる僧が居て寺社併せて仕切っているのが普通である。

この寺にはニホメが住んでいるはずだった。一の鳥居前から急な斜面が山頂に続いて、頂上には広場があった。

北方に長く延びた境内の一番北の高所に神社が鎮座していた。

まず、神前に無空と前鬼は拝礼した。すると横手から巫女衣装の美しい若い女性が現れた。二人とも一目でニホメと分かった。先にニホメが会釈した。

前鬼は喜色満面で駆け寄る。

「ニホメさん、元気でしたかッ」近付くと前鬼の背の低さが目立った。

「ハイ」とニホメは答えたが、目は無空の方を見ている。

「無空さん、とてもお会いしたかったです」

「それに前鬼さんにも」ニホメは慌てて付け足した。

無空もニホメに近づいた。そして言った。

「元気そうですね。久しぶりです」

ニホメは、無空と並んで宮寺の海部峯寺へ歩いて行く。

寺に入るとニホメは別当の覚良《かくりよう》に無空らを紹介した。

寺務処で聞いた話では、覚良は旧京の平城《なら》は般若寺《はんにゃじ》で修行をしていたという。

般若寺は大伴氏の氏寺である。大伴氏は丹生の一族と古《いにしえ》から繋がりのあった一族だった。

般若寺は無空もよく知っていた。左京の東側、いわゆる外京にあって行ったたことがあった。大安寺や佐伯院も近い。無空が学んでいた大学もすぐ近くにある。

「貴殿は、学生《がくしよう》か」

話していた覚良が突然言った。口振りや知識、物腰から何かを感じたようだった。無空はふと返答に逡巡したが、いずれ分かることだ。はっきり打ち明けた方が良いと直感した。

自分は平城《なら》の大学寮の学生であったこと。その大学を無断で出奔したこと。自分の名は佐伯真魚《まお》といい、讃岐国佐伯直田公《さえきのあたいたきみ》の子であること。大学では明経道科で学んでいたが、途中からどうしても仏教を学びたいと思い、伯父の阿刀大足《あとのおおたり》に懇願して大学を辞めて仏道修行をしたいと言い、父の田公にも説得をしてもらえるよう頼んだが、父も伯父もどうしても許してくれず、それで無断で飛び出したと話した。

横で聞いていた前鬼は（ああ、やはり…）と合点がいった。

打ち明けられて覚良は困惑した。許可無く学生の身分を放棄するのは、式部省《しきぶしょう》大学寮の規定に反する。無空が科《とが》を受けるのは避けられないと思った。何とかしなければならない。しかし、覚良としては大学に連絡したくはなかった。姪のニホメから無空の人となりを聞いていたからだ。それに金岳の恵真や桜元坊の角行から、無空の評判を聞いていたからでもある。

「困ったの。いつまでも大学や伯父さんたちに黙ったままでは済まされまい」

覚良は考え込んだ。

「いつまでも隠しおおせる訳ではないぞ。いずればれる時が来る。それに無空よ。いずれお前は世の中に出て行く男だ。もうこのあたりでせめて伯父の阿刀氏には知らせておいた方が良いように拙僧は思うぞ」

覚良は親身になって考えてくれた。まず伯父の阿刀大足に手紙で連絡すべし、と諭され無空も尤《もっとも》だと思い同意した。大足に善後策を講じてもらおうという訳だった。

覚良は、まず詫びよ、その上で何故無断で大学を出奔したかを説明して何とか許しを得よというのだった。また、添状《そえじょう》を付けてやっても良いとまで言ってくれた。覚良をして、そこまで力になってやろうというほど、無空には人を引きつける魅力があったのだといえる。

無空は手紙を書いた。無断で出奔したことを詫び、そして経書を学ぶより、この国には仏教が必要だと、仏道を学びたい理由を手短に述べた。併せて仏教が儒教や道教より如何に優れた教えであるかを、いずれ近いうちに論に纏《まと》め、何方《どなた》にも諒解下さるようにする旨を付け加えておいた。

その書状を覚良に見てもらった。それを読んで覚良は驚嘆した。弱冠二十歳の僧が書ける文章ではなく筆跡でもなかった。それは素晴らしいの一語に尽きた。覚良はこれほどの筆跡をみせる無空を、改めてただ者ではないと思ったのだった。

無空は、手が固まらないうちにと五歳から師について書法の手ほどきを受けていた。讃岐の国学においても経書を学ぶ傍ら、書法の手習いを怠らなかった。大学に席を置いているときも名手といわれた浅野魚養《あさののうおかい》に直接指導を受けたりした。そのほかは王羲之《おうぎし》や李邕《りよう》の筆跡を手本として独修した。書の上達ぶりに誰もが舌をまいたが、文章法や書法についても無空はこの歳ですでに卓越した技量を備えていたのである。

海部峯寺で過ごしていたある日、無空はニホメから、里に芋を貰いに行くので一緒に来てほしいと頼まれた。たいていニホメの所用はいつも前鬼が喜んで手伝っていたが、その日は前鬼が川に魚を捕りに行っているとかで居ないのだという。

「無空さん、すみません。このようなことをお願いして…」

ニホメは申し訳なさそうに言う。

「一人でも大丈夫だと思うのだけれど、覚良さんが、今日は無空さんに一緒に行ってもらいなさいと言うものですから」

「いいですとも。お安いご用です」

無空は笑顔を返して一緒に出かけた。

山頂の寺を出ると、北の斜面のすぐ下には操業中の銅鉱山があった。ニホメの話では、この銅山も兄、吉野連《よしののむらじ》角行の経営だという。この海部峯寺のある銀岳は、北斜面が比較的なだらかで段々畑が山裾まで続いていた。

この村は俗に古田荘と呼ばれていた。古田のフルには、百済語で火の意味があって、フルタとは精練の邑《むら》の意味があったとも口碑《こうひ》に伝わる。里では芋などの根菜を多く作っている。谷川のある山裾では小さな棚田が何枚も重なるように作られて、わずかながら稲作もなされているようだった。

里長《さとおさ》の家に行くと竹籠に一杯の山芋が置かれていた。ニホメの話によれば、里長が誰かに届けさせますよ、と言ってくれたのだけれど、世話を掛けると悪いから受け取りに行くことにしたという。

「これはニホメさん一人ではとても無理ですよ」

私に言ってもらって良かったと無空は背中に担ぎ上げた。ニホメは別の野菜の束を手に抱えている。

二人で礼を言って、里長の家を出ると今度はまた上り坂を寺に引き返す。

二人とも荷物があるので喘ぎながら坂道を登る。里から銀岳山頂への道は手ぶらでもきつい道のりだった。

少し平坦なところに出ると、道の両側に木苺が真黄色の実を付けていた。

「美味しそうな実がなっていますよ。ご覧なさい、ニホメさん！」

後ろから無空が声をかける。

「ニホメさん、これはイチゴですか？食べられるのですか？」無空は続けて言った。

「美味しいですよ、食べましょう」ニホメが応《こた》えて言った。

ニホメはそう言うと、野菜の束を傍らに置いて、道の側から張り出している棘のある木からイチゴを採っては、懐から出した布に集め始めた。

「吉野の木苺は黄色なのですね」

無空の記憶では、河内国跡部郷の木苺は赤だった。それをニホメに言うと
「赤い実の木苺もありますよ」と微笑んで言う。

無空も背中の芋の籠を降ろして、手に棘が刺さらないようにイチゴを採り集める。イチゴの実を採るときは、柔らかく摘んでそっと取らなければ実が潰れてしまう。無空はハニメのことを思い出した。

すぐに布に一杯になった。

さあ、食べましょう、と無空は側の大椚《おおくぬぎ》の根元の、座り心地の良さそうなところにニホメを誘った。その隣に少し離れて無空も坐る。二人の間に置かれた布切れのイチゴを二人が食べる。食べ終わって布を懐にしまったニホメが、無空のすぐ横に身体を寄せて坐りなおした。

「無空さん、…私は…」と無空を真っ直ぐに見つめた。大きく美しい目が瞬きもせずに無空を見つめる。

「私は無空さんのこと、いつも想っています」

ニホメははっきりと口に出した。

さらにニホメは身体を寄せると、無空の肩に頬をつける。

「無空さんと二人きりになりたかった」

束ねた黒髪が長く後ろに垂れている。

あまく匂う清々しい色香に無空はたじろいた。黙っている無空に、端正な横顔をみせてニホメは消え入るような声で言った。

「無空さん、私を女にして」

ニホメの頬がたちまち赤らんだ。

「ニホメさん、からかうのはよしてください」

「からかってなんかいません！　私は無空さんに出会って以来ずっと……」

ニホメは一息つくと思い切ったように続けた。

「ずっと……あなたのことばかり想っていました」

「ニホメさん、拙僧は……、あなたの気持ちを受け入れられません……、拙僧には、ニホメさんの気持ちに添える資格がないのです」

無空は、ニホメの肩を両の手でつかんで少し向こうへ押しやると、じっと瞳を見つめて言った。

「無空さん、どうか私の想いをかなえて。私の初めての恋を実らせてください」

とうとうニホメの清《す》んだ瞳から涙があふれ出た。

「仕方がありません。こうなればはっきりと言います。あるいは噂で聞いているかも知れませんが、拙僧は、あのハニメさんを抱いてしまったのです。とてもニホメさんの相手になれる資格はありません」無空は首を振った。

「やはり、そうでしたか。でもいいのです。それでもいいから想いを遂げさせてください」

ニホメは無空の胸に顔を伏せてむせび泣いた。

「それに、拙僧は…」無空は続けた。

「女犯《にょぼん》をした破戒僧、無空には近付かないでください。もう二度と戒律を犯さないと拙僧は自分に堅く誓ったのです。元々僧侶を志す者は女人とは縁が無いのが当たり前。大学を無断で出奔したのも罪、女犯も沙門としては大罪です」

無空は息もつかずに更に言葉をつないだ。

「ニホメさん、どうか出来損ないの拙僧のことは、すっかりと忘れてしまってください」

ニホメはとうとう声をあげて泣いてしまった。

しばらく経って、二人は一言も交わさず、黙々と歩いて帰った。

無空がしたためた書状に、銀岳海部峯寺の別当覚良が添状を付け、阿刀大足に送ってから、暫くして返状がきた。

「話は理解できないことはない。しかし、お前の行状は気ままに過ぎる。とにかく私に会いに来い。何とか考えてやる」というような内容だった。無空はその書状を覚良に見せた。

覚良は、尤もだと言い、すぐにでも伯父の大足に会いに行って来いという。無空は分かりましたと言いながらもすぐには行こうとせず、返書をしたためた。

その書状を覚良に見せて、しばらく後には必ず行きますから諒解くださいと説明した。次の修行地を南隣の銅岳にしようと思っていたからだった。そこには櫃ケ岳《ひつがだけ》大明神が祭られ、雲仙寺があった。丹生一族の長老が住んでおられると聞いているので、先にその長老を訪ねて教えを乞い、修行した後に、伯父の大足の所へ行きたいと言ったのだ。覚良の諒解を取り付けた後、無空は前鬼に、南隣の櫃ケ岳雲仙寺へ私は行こうと思うのだが、お前はどうするかと話した。

すると前鬼は、

「無空さんが以前におっしゃたように、求聞持法を修するにはやはり一人の方が良いと思います。もうそろそろ別れて別々に修行しましょう。その方が無空さんのためにも良いと思います」と言い出した。そして、

「私はいつまでも一緒にいたいと頑張ってはきましたが、どうみても器が違い過ぎます。どうか無空さんは偉いお坊さんになってください」と続けた。

それに私はあなたより本当はニホメさんの近くに居たいからだと、ちょっと寂しそうに笑ってみせた。

前鬼はこの海部峯寺に残り、修行するという。

覚良に許しを得てこの海部峯寺に居候させてもらうことにしたらしい。無空がみたところ、やはり前鬼はまだニホメに恋焦がれているようだった。

1 「フルタ」は古代朝鮮語ではないかと考えられる。火は「プルッ」畑が「パッ」直訳すれば、火・畑で精練の意味を持っていたのではなかったか？「プルッパッ」が転訛して「フルタ」になったかとも思われる

銅岳白雲庵

明くる日、無空《むくう》は前鬼《ぜんき》と別れ、吉野三山の一、南隣の銅岳にある雲仙寺へと向った。銅岳は銀岳の南方にある山で、銀岳より僅かに高い。銅岳はその山容に特徴があり、唐櫃《からびつ》のようなその形から櫃ヶ岳とも呼ばれていた。

銀岳の山頂から参道を下りて行き、尾根伝いに南に進んでその南麓《なんろく》を下る。丹生《にう》川に出て対岸に渡り今度はまた上がって行く。

見晴らしの良い山頂に櫃ヶ岳大明神の小祠と「雲仙寺」と額の架かった堂宇《どうう》があった。その隣の小さな藁葺きの小庵には「白雲庵」と軒下に木札がつけてある。

無空は緊張しながらそこに入っていった。そこには井光乗《いのこうじょう》と名乗る老翁が居て、初対面の無空を笑顔で迎えてくれた。この翁が丹生族の主、吉野真人《よしののまひと》井光乗その人だった。

光乗翁は、無空に心願が成就するまで居れば良いと言ってくれた。

寺の方には、ほかに優婆塞《うばそく》とも道教の修行者ともいえるような若い山伏が三人いた。彼らは近隣の鉱山で働く丹生族の子弟だった。光乗翁の指導の下、験《げん》力《りき》の獲得、霊性の向上と霊感の獲得を目指して修行を重ねているという。その山伏達と一緒に生活をすることになった。

無空には彼らと行動を共にして分かったことなのだが、修行の外、山野で薬草を見つけ、その栽培を行い、また、鉱脈をも探す。そうしたことも彼らの日常生活の一部だった。

無空はそうしたことを修行の一部として行動を共にしたが、無空が第一に優先したいのは求聞持法《ぐもんじほう》を成就させる事だったので、光乗翁に許しを得て、三ヶ月後から求聞持法を専修することにした。

その求聞持法の修行を前に、光乗翁は無空に基礎的な仙術を伝授してくれた。それは呼吸と瞑想の仕方についてである。

翁は仏教の外、道教などの神仙術《しんせんじゅつ》にも通じているらしかった。

「まず呼吸とは文字通り、まず息を吐くこと。そして次に息を吸うこと。これを呼吸という」と言い、具体的な説明をした。

「呼吸はいわゆる腹式呼吸をするのだが、息を吐くときは、息を吐きながら腹を徐々に凹《へこ》ませていく。もう吐く息がないと思ってもまだある。それは、肺臓の中の空気を絞り出す感じであばら骨を狭めていくとまだ息は出せる。すべてを出し切ったところで、力を抜くと今度は、一気に音を立てて肺が空気を自然と吸い込んでゆく。これは吸い込もうと意識しないでも自然と吸い込んでゆくので、この場合意識してゆっくり吸い込んで行くのがよい。自然に吸い込んで行かなくなると、次は腹をふくらませながら吸い込む。お腹一杯まで吸い込むと、今度は胸を意識して広げながら胸一杯まで吸い込むのである。いずれも時間をかけて、ゆっくりゆっくりと息を吐き、そしてまたゆっくりと吸い込むのである。これを繰り返すのが呼吸法である。これで身体中に新しい気が巡るようになる」と無空の反応を確かめながら説いてゆく。

「既に知っていることとは思うが、改めて説明しておくと…」

翁は瞑想の仕方を詳しく説明し始めた。

「瞑想するのは心を統一するためである。そのためにはまず、安心・静座できることが必要となる。坐り方には、正坐・結跏趺坐《けっかふざ》・半跏趺坐《はんかふざ》とあるが、どれでも良い。自分が最も安楽にできる坐り方で座を占めると、前方三尺から五尺位に視線を向けて姿勢を正し、背骨を真っ直ぐにして目は半眼にする。両手は、それぞれ掌《てのひら》を上に向けて両膝の上に伸ばす。そして呼吸は腹式呼吸を続けるのである」

ゆるやかに、ゆるやかに呼吸を繰り返すのだが呼吸は少ない方が良い。そのことによって段々と深い瞑想に入って行くのだという。心を静かに保つと、はっきりと自分の心臓の鼓動が分かるようになる。身体に血液が巡る律動がはっきりと自覚されるともいう。どうすればそれが分かるかといえば、

「両膝に乗せた両手の、それぞれの親指と人差し指を軽く合わせて丸く作った指先に鼓動が伝わるのを聞くのだ」と翁は言った。

ドクドクドクと、はっきりと聞こえるのだともいう。そして更に翁は言う。

「この呼吸法で瞑想していると、求聞持法を成就するための基礎体力が養われる。つまり、言霊《ことだま》により強い力が宿るようになるという訳じゃ」

無空は、光乗翁の指導を受けてこの瞑想法を始めた。朝夕この瞑想を腹式呼吸と共に実践すると自分の身体が時を刻んでいるのが、はっきりと分かるようになってきた。

無空は光乗翁に願い出て言った。

「私は、求聞持法を修習することを、今まで一番の目標としてきました。それで、比蘇寺《ひそじ》へ行き、あるいは桜元坊《さくらもとぼう》へも行きして、この求聞持法を求めて来ました。今、翁殿からやっと正しい呼吸法と瞑想を教わったと思います。お陰を持ちまして、念願だった虚空蔵求聞持法を修得できる自信が芽生えました。これからは師匠と呼ばせてください」

無空は光乗翁に言い、いよいよ求聞持法を成就させるための実際的な修行を始めたいと決心したこと。そこで、ここを出てどこかの山中に籠もり、一日一万遍の真言《マントラ》を百日間唱え続ける修行を始めたいと思う。それで明日からこの白雲庵を出て行きたいのですというように申し出た。

そのことに対して光乗翁は、

「無空よ、おまえが言うように、まず初めに求聞持法を会得したいと言うのは正しい。お前はこの国のため大切な役割を担った男だと思う。きっと求聞持法を修得して、学を修め国のために役立ってもらいたい」

光乗翁は賛成し、期待しているとも言った。そして求聞持法を成就させるために大切なこととして次のように言った。

「一日一万回の真言を、絶対中断せず百日間続ける事。そしてできるだけ大声で唱えることが成就させるための条件じゃよ。分かったかな」

なぜなら、真言を大声で唱えることによって、頭骨《とうこつ》が声帯の振動によって共鳴する。そのことによって、脳が影響を受け、潜在していた能力が活性化する。記憶力が大幅に向上し、頭脳が著しく明晰になるのであるというような説明を加えた。

「お前なら必ずできる。期待しているぞ」

光乗翁は、無空が雲仙寺を出て一人で最後の修行に向かうことを快く許した。

無空は求聞持法を修する場所を探し求めた。

静かで百日間誰にも邪魔されないような山林が良いのだが、と無空は思った。そして、できるだけ見晴らしの良い山頂が良いとも思う。それはゆったりと坐し、真言を大声で発声できる場所であること。空気が清々しく、爽やかな自然条件が整っていることが理想だとも思う。

無空に思い当たる場所があった。自分の記憶にあった山である。それは銀岳の南側の方角に見えていた山だった。

無空は光乗翁に相談した。すると、その山は竜王山という山だと分かった。翁の話によれば、その山には昔から海神《かいじん》が祭られていると言い、海神とは竜王で竜蛇《りゅうじゃ》なのだという。そしてこの山は、平城―藤原―飛鳥―壺坂山―金岳―銀岳―銅岳を結ぶ聖なる南北線上にある。その南端の山で求聞持法を成就させようとするのは良い考えだ。きっと海神のご加護があるだろう、と翁は全面的に賛成した。

無空は意を強くして、命懸けでこの行を成し遂げようと心に誓った。

そのためには、百日分の水と食料を用意する必要があると無空は考えた。一度修行に入れば中断は許されない。一日一万遍の真言を唱えるためには、三辰刻半（七時間）ほどかかる。食事と睡眠、排泄の時間以外は連続して真言を唱え続けなければならない。食事は、修行に必要な最低限の体力を保てるだけの食料で良い。無空は百日分の食料として干飯《ほしい》と栗などの木の実、干柿などを用意した。

季節は過ごしやすい夏の終りから秋にかけての時期を選んだ。無空は銅岳の白雲庵を出て竜王山に登る。山頂には海神を祭る石作りの小祠があった。その近くで南方の開けた場所を見つけ無空は虚空蔵求聞持法の修行に入った。

「ナウボウ・アキャシャ・ギャラバヤ・オンアリキャ・マリボリ・ソワカ」

無空は真言を繰り返し唱え続けた。首に提げた椋の実で作った数珠で唱えた回数を数える。全く邪念は湧かなかった。ただ出来るだけ大きなはっきりした言葉で唱えようとした。

端坐した傍らに水を入れた竹筒を置いて、咽が涸れるとその水で時々口と咽を潤して唱え続けた。

朝夕毎日二回一刻の間、瞑想をした。食事は朝夕の二回。そして、雨の日も風の日も真言を唱え続けた。

朝、目を醒ますと、まず少しの水で口を漱ぎ朝日の昇る方向に向かって瞑想する。それが済んで簡単な食事。それから求聞持法の修行開始である。夕方までに一万回の真言を唱え終えるようにしていた。あとは少しの休憩を取って、夕方の瞑想で一日の修行を終え、質素な食事を摂って就寝するのだった。初めは朝夕二回食事を摂っていたが、途中から夕方一回に減らした。その分少し多めにしたのだ。

山野を駆け巡って、修行を続けてきた無空にとってもこの修行はなみたいていのことではなかった。いくら鍛えている無空でも足腰は痛み、しびれ、夕方には意識もうすれそうになっている時もある。長時間座り続けているので足が麻痺しないよう就寝前に手足の運動は欠かせなかった。そしてその後に藁を敷きつめた寝床に身体を横たえるのだ。

神経が高ぶってなかなか寝付けない夜もあった。

そのようなある夜、真っ黒の鬼のような姿が枕元に立った。

誰だ！と叫んだが、声が出ない。

鬼は無空の身体の上に覆い被さった。重い。圧死させられるかと思った。その上、両手で無空の首を締めにきた。苦しい！殺されるかと思う一方で無空の別の冷静なもう一人が「これは夢だ」と囁く。

無空自身も夢だと思い懸命に目を開こうとするが、夢だと判っているのに目を醒せなかった。無空はもがいた。でもどうにもならない。

――誰だ！出て行け！

「鬼よ去れ！」

やっと声が出た。

無空が発した言霊が鬼を威嚇した。

重圧から解放されて、無空は安らかな眠りについた。

毎日毎日真言を唱え続けた。まったく迷いは無かった。ただ声が百日間続くかどうかだけが心配だった。天竺の高僧が説いた修法である。修習すれば必ずその効用はあると信じた。体力・気力と声が続くかどうかが成否を分ける。無空が思い切り出していた大声が少し小さくなった頃、修行を始めてから八十日が過ぎていた。

体力には自信があった無空だったが、髪や髭が伸びてきて、掌で頬を撫でるとすっかり肉が落ち、痩せてきていることに愕然とした。しかし気力は萎えていなかった。そして頭脳は何故か冴え渡って来ているように感じた。

無空の寝床は、海神祠に近いところにある自然の石窟前に、簡単な小屋を木と茅で作っていた。寝ているときも出来るだけ天空から降り注ぐ神気《ぷらな》を浴びていたかったからである。

石窟の中では神気が届かないのだ。

とうとう百日目を迎えようとしていた。

その日は前日から雨が降りはじめ、昨夜は仕方なく小屋の後ろの石窟で寝た。いつも通り目を醒ますと外はどしゃ降りだった。真っ暗だった辺りが白みはじめて来た。

「今日は満願の日だ」

無空は、一言つぶやくと僧衣を脱ぎ、下帯《したおび》まで取って外へ出た。どしゃ降りの中で身体を動かした。身体を前後左右に揺さぶり曲げ、屈伸をした。一層髪は伸び、髭も濃く長くなっていた。雨は身体を打ち続けた。無空は近くに生えていた草をむしり取ると、それを丸めて全身をこすり始めた。身体はみるみる赤くなり、そして温かくなって来た。草が千切れて胸や手足に付いたが、雨がすぐに洗い流した。

無空は東の方を見た。銅岳の左の方角である。いつもその辺りから朝日が昇るからだった。雨の中でいつもどおり瞑想を始めた。腹式呼吸による瞑想は、言霊の威力を強くするためのものと聞いていた。

いつも坐している蔓を編んだ褥《しとね》はこの雨でびしょ濡れだった。一刻ばかりの瞑想を終えると、虚空蔵菩薩の真言の唱名に入った。
前日に確認していた。
今日で間違いなしに百万回を超えるはずだった。幸いまだ咽は潰れていない。
よし今日こそ成満《じょうまん》できると確信に近いものが心の内にあった。
無空は虚空蔵菩薩の真言を唱え続けた。

ナウボウ・アキャシャ・ギャラバヤ・オン・アリキャ・マリボリ・ソワカ
………
ナウボウ・アキャシャ・ギャラバヤ・オン・アリキャ・マリボリ・ソワカ
………
ナウボウ・アキャシャ・ギャラバヤ・オン・アリキャ・マリボリ・ソワカ
………

自然と声が大きくなった。天にも届けと無空の声帯は震えた。無空の頭蓋骨《とうがいこつ》も背骨も全身の骨という骨が振動した。肉も霊魂も共鳴して打ち震えた。無空の全身全霊をうつした言霊が宙に飛翔しようとした瞬間、臍下丹田《せいかたんでん》の奥の中心部辺りから背骨の随を一気に電撃のような感覚が駆け上がった。さながら昇龍が自分の身体から天空に立ち昇ったようだった。無空は大地から立ち上がったまま暫く動けなかった。

間違いなく百万回成満できた瞬間だった。このとき無空は二十二歳になっていた。

雨はすでに上がり、あかね色の西の空には宵の明星が輝いていた。

無空は竜王山の修行場を引き払った。

そして銅岳の雲仙寺白雲庵に戻って来た。出迎えた光乗翁は両手を広げて無空を抱きしめた。

「師匠、ただ今戻りました」

すっかり痩せてしまった無空の顔がほころんだ。顔が感激で紅潮している。

説明はいらなかった。表情を見ただけで修行が成就したことが分かる。翁は無空を自室に招き入れた。庵に居つきの若い山伏が土瓶と茶碗を持って来た。

「よくやった、無空。まあ、一杯飲め」

光乗翁は、これは唐より渡来した皇帝茶だと言って陶器の器に琥珀色の液体を注いで無空にすすめた。

「今日よりお前は名を変えよ。無空が新たに生まれ変わるのだ。これよりお前はお前自身であって、お前だけのものではないと心得よ」

そうだな、どんな名が良い？　それは自分で決めるのがよかろうと翁は言った。

しばらく考えたあと無空は、

「そうですね。では、空海とでも名乗りたいと思います」

無空はその時ふと頭に浮かんだ名を口に出した。

「空海か…ふーむ、それは良い。これから修羅の世界を歩み始める者にふさわしい名かも知れぬ」

光乗翁は賛成した。そして言葉を続けた。

「空海どの。これからはそう呼ぶことにする」翁は言葉を改めて言った。

「では空海どの。私の話をよく聞いてもらいたいのじゃ」

光乗翁は、名を代えた空海の顔を真正面から見据えて言った。

「空海どの、実は我らは以前より、この国を改めたいと願っていた。というのはこの国の政《まつりごと》を行う体制が弱く、ともすれば国体が揺らぐ。そのような弱体の国政では、またぞろ群雄が割拠して戦乱が絶えぬ。このようなことでは民は安心して生活できぬ。唐国《とうのくに》のような国家体制をこの国に是非とも作らねばならないと我らは考えている。そのためには、先ず唐に渡り、国の仕組みをつぶさに学ばねばならん。我が国は、彼の地へ遣隋使を初めとして今でも遣唐使を派遣している。そしてその都度、優秀な遣唐使と共に還学生《げんがくしょう》、留学生《るがくしょう》が派遣され重要な経典を持ち帰るなど成果を上げている。しかし、それが国や民衆のために今ひとつ十分に生かされていない。この国は今、強力な覇王を必要としているように思う。まず覇王が出現して強力に国をまとめあげる必要がある。その上で国を富まし、強力な統治国家をつくって民衆が安心して暮らせる体制づくりが必要となる。唐は今、儒教を国の国教と定めて、科挙というような官吏登用試験を実施しているとも聞く。我が国は、この唐の国家体制を見本として古《いにしえ》より国つくりを進めてきたが、今一度かの国を学ぶ必要があると思う」

光乗翁は、空海の目を見つめながら、更に熱く話し続ける。

「私は、空海どのの人となりをこの目で見てきた。我が一族の日雄寺桜元坊《ひのおじさくらもとぼう》の角行《かくぎょう》や金山寺の恵真《えしん》、銀岳の覚良《かくりょう》からもあなたのことは聞いている。私たち丹生《にゅう》の者らは一族をあげて空海どのに期待している」

我らはこのように考えていると翁は言う。

「空海どのに留学僧《るがくそう》になってもらいたい…」と翁は切り出した。

「そのためには、まず得度して正式に官僧になってもらいたいということだ」

そこで翁は茶碗を手にして、ごくりと一口飲み込んだ。そして茶碗から視線を上にあげて、また空海の目を見つめる。

「まず官僧の資格を取った上で、次に遣唐使に同行する還学僧か留学僧になってもらわねばならない。できれば留学期間の短い還学僧が良いのだが」と話し続ける。

「実は空海どの。かなり以前のことじゃが、我ら丹生一族は留学生を送り出したことがあっての。それは養老元年（七一七）のことじゃ。我が一族にも所縁《ゆかり》の丹治比真人県守《たじひのまひとあがたもり》が遣唐大使の時、我が一族の井真成《いのまなり》という若者が入唐《にっとう》した。優秀な男で唐朝《とうちょう》でも重用されたと言うのじゃが病死したと、天平七年（七三五）に帰国した吉備真備《きびのまきび》から聞いた。死んだのはなんと帰国予定の前年のことだったという。さぞ無念だったろう」

光乗翁は遠くを見るような目をうるませた。

「そのようなこともあったが、次は空海どのに期待する」

留学僧に選ばれるためには、と光乗翁は話を続ける。

「その為には、最終的に帝《みかど》に認められる事が最も重要となる」

その時、都は長岡京。桓武帝の御世であった。

「何か強力な手だてを講じて、空海どのを売り込む必要がある。さて、どうするか、良く考えておこう」

翁は何かを考えているようだった。

「さて、それはそうとして…」翁は話題を変えた。

「空海どの、このあたりで伯父君の阿刀大足《あとのおおたり》どの、そして父君の佐伯直田公《さえきのあたいたきみ》どのに会いに行かねばなりますまい」

「はい。その通りです。私もそうしたいと思っておりました」

空海は翌日、旧都に向かって一人旅立った。平城《なら》までは一両日で行ける距離である。

空海は以前より是非行きたいと思っていた久米寺《くめでら》へ立ち寄ろうと思っていた。しかしまず壷阪山《つぼさかやま》の南法華寺《みなみほっけじ》に立ち寄った。南法華寺は大学を出奔して吉野へ向かった折、一泊させてもらったところである。そこで、僧衣を与えてくれた中年僧に再会し、当時は真魚と言ったが、今は空海と名乗っていると話した。そして以前は学生だったことなど身分すべて隠さずに明かし、その時の失礼を詫びた上で、改めてお世話になった礼を述べた。中年の親切な僧は、もともと元興寺《がんごうじ》の僧で名は護名《ごみょう》だと名乗った。元興寺は平城の外京《げきょう》にあって、空海が学んでいた大学寮のすぐ近くである。空海と護名は平城では、すぐ近くで起居していたことを知り、より親近感を覚えた。

二人は様々な話をした。護名の方が年長だったが年来の友人のように話ができた。聞くと、護名も求聞持法を修したという。また仏教に対する考え方も似ていた。護名も仏教の中では、特に密教に興味をもっているという。空海は大日経について尋ねた。

「私は以前より大日経《だいにちきょう》を求めているのです。聞けば大日経は、金剛頂経と共に密教の根本経典だそうですね。私はまず大日経を読んでみたいと思っているのですが、どこにあるかご存知ありませんか？」

話を聞いて護名の小さな丸い目がしばしばたいた。

「護名さん、私はある日の朝方、夢を見たのです。その夢に仙人が私に告げて言うには、大日経は高市郡《たけちのこおり》の久米寺にあるというのですが護名さんはご存知ありませんか？」

空海はそのような尋ね方をした。

大安寺の山門前で逢った一人の沙門から、大日経は南法華寺にあるはずだと聞いてはいたが、いきなり聞くのは躊躇《ためら》われたからである。

「大日経だったら、この南法華寺にもありますよ」

でも金剛頂経までは揃っていませんがねえ、と護名は言う。

空海が身分を明かし名乗っているので、言葉遣いも改まっている。

「えッ、ここにあるのですか、大日経が！」

空海はことさら驚いてみせた。

是非読ませてください、と言うと、護名は別当に二人で研究したいと願い出て特別に便宜を計ってくれた。

「空海どの、拙僧は十日後に元興寺に帰ることになっている。その間は自由にこの経典を読めば良い。これは以前に目を通した事があるのですが、実は拙僧も意味が捕れなかったのですよ」護名は笑顔ながらに言う。

「私も伯父に会いに行く用があるので一緒に平城へ行きましょう。それまで一緒に勉強しませんか」空海も笑顔を返して応えた。

護名の部屋に籠もり、日夜を通して論議したが、経典の深い意味合いは理解できなかった。梵語そのままの表現かと思えるような箇所もある。密教独特の所作・作法など、なかなか理解できない。空海が大日経に出会ったのは初めてだった。結局の所は二人とも意味が分からなかった。ほかにこの寺内で尋ねても答えられる人もなく、諦めるしかなかった。

――やはり、どうしても渡海して唐で学ばなければならぬ。

空海は改めて決心するのだった。

十日後の早朝、二人は平城に向かって出立した。

平城京の条坊制

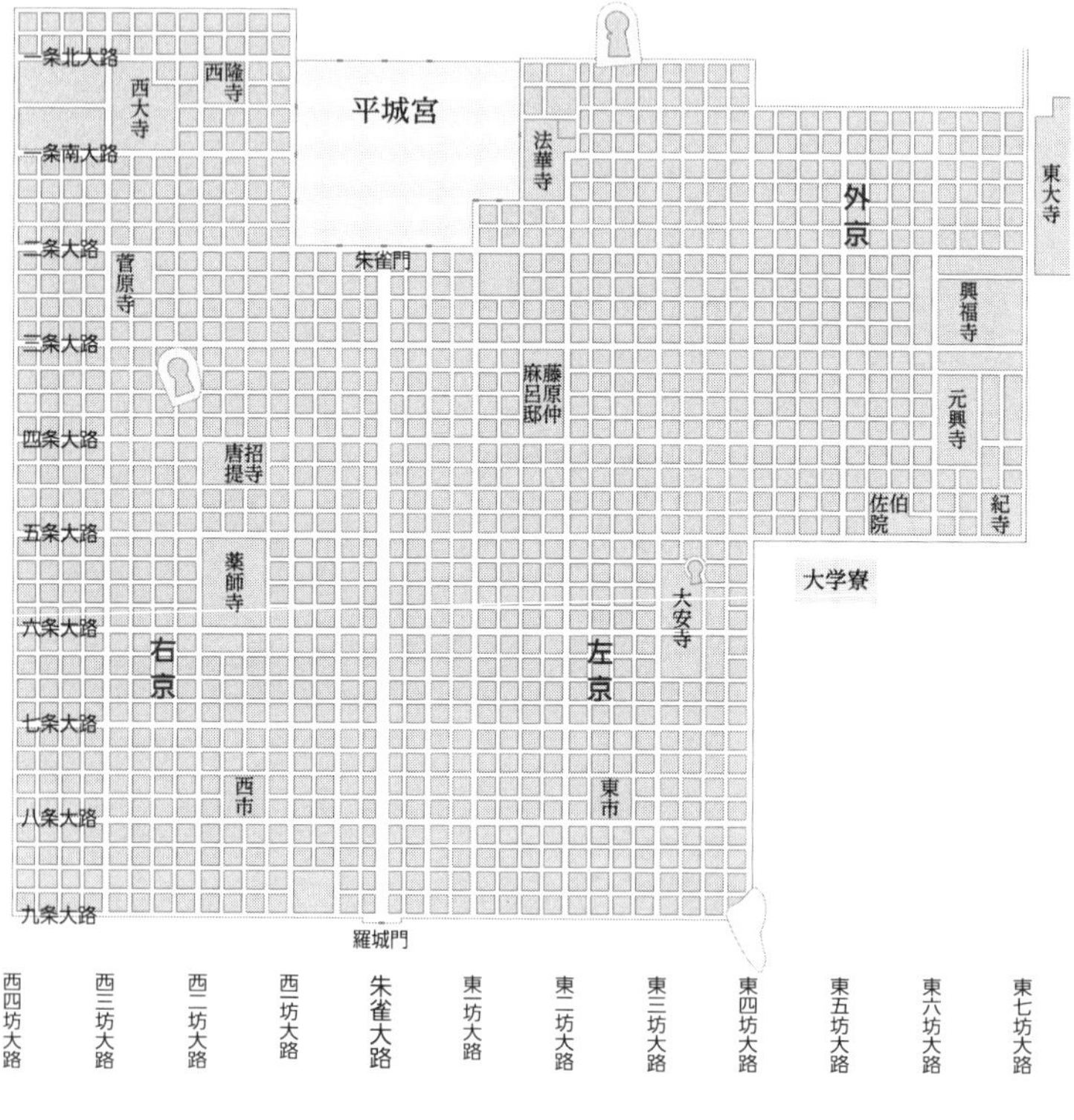

一条北大路
西大寺
西隆寺
平城宮
法華寺
東大寺
一条南大路
外京
二条大路
朱雀門
菅原寺
興福寺
三条大路
藤原仲麻呂邸
元興寺
四条大路
唐招提寺
佐伯院
紀寺
五条大路
薬師寺
大学寮
大安寺
六条大路
右京
左京
七条大路
西市
東市
八条大路
九条大路
羅城門
西四坊大路
西三坊大路
西二坊大路
西一坊大路
朱雀大路
東一坊大路
東二坊大路
東三坊大路
東四坊大路
東五坊大路
東六坊大路
東七坊大路

再会

旧都平城《なら》に入ると、真っ直ぐに羅城門を目指した。

まだ真魚《まお》と名乗っていた空海が、阿刀大足《あとのおおたり》を訪ねて父の佐伯直田公《さえきのあたいたきみ》と都に入ったのは延暦七年（七八八）の春のことだった。それからすでに八年の歳月が流れている。

——青丹よしならの都は…

と歌われたこの平城は往時の賑わいはなかった。しかし、大寺院は殆どそのまま平城に残されていたし、邸宅もまだこの地に残している貴族が多くいた。彼等も決心がなかなかつかなかったからである。大学も未だ旧都に残されたままだった。あれから都は、さらに山城に遷都しており、平安京と名付けられていた。

平城の朱雀《すざく》大路を北に行き羅城門を入ると、朱雀門に向かう大通りは今、百官の姿は見られない。所々にぺんぺん草が生えていた。わずかに汚水の臭いが漂っていた。話には聞いていたが、排水が悪く衛生状態は良くないというのは本当のようだった。

正面はるか向こうに朱雀門と、今は主の居ない内裏《だいり》の辺りが見すかせる五条大路の交差する所を東に曲がる。そこから東の奥山に向かって四坊大路まで歩むと、その先が外京《げきょう》と呼ばれた辺りで、右手に大安寺、そして二年近く学んだなつかしい大学があった。その向こう左手に佐伯院があって、その側が阿刀大足の屋敷であったが、空海はそのまますぐ先の北側にある元興寺《がんごうじ》まで護名《ごみょう》を送って行き、そこから引き返して佐伯院の側の大足の屋敷に入る。

阿刀大足に会うのは五年ぶりだった。

「真魚、久しぶりだな。元気そうで良かった」

大足は空海を幼名で呼び、その無礼を責めず笑顔で迎え入れてくれた。

「伯父さん、その節は大変身勝手なことをいたしました。本当に申し訳ありませんでした」

ただひたすら詫びた。そして、どうしても仏教を学びたかったのですと改めて心のうちを明かし、吉野で修行していたこと、空海と名を改めたことなど、話していると伊予親王がやって来た。大足が親王に空海が来ていることを知らせたらしかった。

大足は親王に、真魚が空海と名を代えたことを話した。

「伊予親王さま、ご無沙汰いたしております。またお会いできて嬉しいです」

伊予親王は共に大足に学んだ学友でもあった。師の大足と三人でしばし思い出話をかわすことができた。大足も親王も、出奔したときの空海を許し理解を示した。空海は密教の話をし、渡海して唐で学びたいという思いを告げた。

空海は伯父の阿刀大足が反対をするものとばかり思っていたのだが、意外にも賛成してくれたので驚いた。

それだけでなく、伊予親王もできる限りの援助をしたいと言った。

「空海。私は学友として言うのだが、真っ先に何故大学を無断で飛び出したか、そして何をしたいのか、それをまず世間に明確に示さなければならないと思う。仏教を学びたいからと聞いているが、それでは何故仏教なのか、道教や儒教では駄目なのか、その理由を述べた上で、仏教が一段優れているのでこの修得を目指したいと思うと、はっきり示す必要があると思う」

それに答えて空海は、

「はい。それは私もそのように思います。以前よりこれはいつかは説明しなければならないと思っていました。それで、儒・道・仏それぞれの学問を比較して、どの教えが最も今この国に必要なのかを論じてみたいと思います」

それを説き著して伊予親王に提出したいと考えていたと言う。

「それは良い。それを帝《みかど》に見てもらえるよう考えよう。認められれば入唐僧《にっとうそう》の候補にのぼるかも知れない」

伊予親王は好意的だった。続いて阿刀大足が言った。

「空海よ。そのためにもお前は正式な僧となり、その上で遣唐使に随行する留学僧《るがくそう》に選ばれることだ。その為にはまず沙弥戒《しゃみかい》を受けなければならん。桓武帝は今、厳しく私度僧《しどそう》を取り締まっておられるので、いつまでも優婆塞《うばそく》のままではなるまい。私度僧が留学僧に選ばれる訳はないからのう。一日も早く受戒せよ」

「分かりました。そういたします」

「そうと決心すれば、受戒だけではなく、できるだけ早く年分度試《ねんぶんどし》[1]を受けて正式な官僧になることじゃ」

一方、官吏登用への道を開く貢挙試《こうきょし》[2]の受験資格は二十四歳までだったので、空海はこの年、任官するか出家するか、どちらかを選択できる最後の機会だったのである。

「伯父さん、その受戒のことですが、大安寺に戒明《かいみょう》という同郷の僧がいます。その方に受戒の師を頼んでいただけませんか」

空海は比蘇寺《ひそじ》で出会った戒明の話をした。同郷ということもあり親切に教わったと話した。その時は自分の身分を明かせなかったので、伯父さんからよろしく伝えてほしいとも頼んだ。

「戒明どのか。その僧の名は聞いたことがある。分かった。私からそのことは頼んでみることにしょう」

「ありがとうございます。よろしくお願いいたします」空海はほっとした。

「ところで伯父さん、もう一つお願いがあるのですが」

空海は長い間留守をしている父、田公の郷《さと》がある讃岐国多度郡へ帰りたいと思ったのだった。十三歳で国学に入学する際、母の阿古屋《あこや》と共に父の郷に移り住んで、その時から二年間、空海が平城の大学に転学するまで暮らした所である。母は今もそこで父と住んでいた。特にその母に無性に会いたい。百姓と同じように父母と一緒に過ごした二年間は空海には貴重な時間だった。そのような同じ時間をまた共有したいと切実に思う。

これから後のことを考えると、この先いつ会えるか全く予想もつかない。二度と故郷へ帰れないかもしれない。これからいつ果てるとも知れない修行が続くからだった。

「半年ばかり自由にさせてください。その後また平城に戻り、佐伯院にこもって儒・道・仏の比較論を書き始めます。それで仏道の優位性を存分に述べてみたいと思います」

伯父の阿刀大足は即座に了解した。

伊予親王も賛成して、空海にその論述の料紙《りょうし》は提供しようと言った。

空海は、大和国《やまとのくに》から摂津国《せっつのくに》に行き、住吉《すみのえ》の津から海路四国に渡り、十年ぶりに讃岐国多度郡《たどのこおり》の父田公の郷で両親に会った。

十三歳で入学した国学も懐かしく思い、十年ぶりに行ってみた。国学は、父の屋敷のある屏風ケ浦《びょうぶがうら》から十里ほど離れた阿野郡国分寺の隣にある。

また、空海は大好きな海を、屏風ヶ浦の海岸から一日中眺めているようなこともあった。そしてある時は実家を拠点に讃岐の各地を行脚《あんぎゃ》・修行した。

ひとり、遠く南国土佐の海岸まで旅をしたことがあった。

土佐は、讃岐のような内海《うちうみ》ではなく、南に大きく広がった外海《そとうみ》だった。

晴天の日はあくまでも青く、はてしなく広がる空と海。

どこまで高いのだろう、どれほど深いのだろう。

空海は広く青い空と海に魅せられ、そこにひと月もの間滞在した。

ふたたび実家がある讃岐国多度郡に戻り、空海は父田公、母阿古屋と束の間の暮らしを楽しんだ。

半年後――。

讃岐国から戻ってきた空海は、伊予親王から料紙を受け取ると、平城の佐伯院に入った。

この寺は今は亡き佐伯今毛人《さえきのいまえみし》が建てた大寺院だった。大学寮に入学した十六歳の頃から、当時真魚と呼ばれた空海が元同族のよしみで今毛人に懇意にされ、自由に出入りを許されていたのだった。当主が亡くなった後も、以前同様に房室《ぼうしつ》も残されており、自由に利用できる。それに都合の良いことにここには執筆するために必要な漢籍が揃っていた。

身を清め、清掃した一室に籠もった空海は、まず料紙に篦《へら》で裏から空筋《からすじ》[3]を引いた。帝に献上するに相応しい貴重な料紙だった。伊予親王が特別に漉《す》かせたものだ。一枚も無駄にはできない。

空筋を引き終わった空海は、ひとり文机に向かい、ゆっくりと墨を擦り始めた。

ひと月後、空海は書き上げた論述書を持って、阿刀大足と共に伊予親王の屋敷を訪れ、親王に論述書を手渡したのである。親王は一目見てその筆跡に驚いた。その文章といい、流麗な書法といい、全く見事としか言いようがなかった。表題には「聾鼓指帰《ろうこしいき》」と記されてあった。日付は、延暦十六年（七九七）十二月一日と記されてある。空海二十四歳の時だった。

翌月、空海は戒明を師に沙弥戒《しゃみかい》を受けて剃髪、大安寺僧、空海として出家した。

——あとはもう神仏の御心のままだ。

空海は、晴れ晴れとした気がした。

空海は、儒・道・仏の三教比較論を芝居仕立で書いたのである。画期的な論述形式と言えた。つまり、戯曲風に表現したのだ。それぞれの教えを標榜する三人の人物を登場させ、各々の立場から、如何に自分の信奉する教えが優位かを述べさせる。その上で最後のまとめとして「仮名乞児《かめいこつじ》」という自分の名代を登場させて、存分に仏教の優秀正当性を主張させるという構成だった。それだけではなかった。幼い頃から学んできた文章表現力を、これも磨き続けてきた王羲之《おうぎし》の書法を中心に、雑書体をも交えて存分に書き切ったのである。その文章や書を見ても充分評価に値するはずだった。空海はその書法においても密教世界を構築してみせたのだ。

自信はあった。あれで評価されなければ見る目がないとさえ思った。自分ながら実に不遜だと思う。自信過剰ともいえる。

伊予親王は機会を見て、必ず桓武帝に空海のしたためた『聾鼓指帰』を上呈してくれるだろうとの確信があった。いずれ都から連絡があるはずだ。行先を言い置いて、その間旅に出よう。

計画通りにことが運んだ暁には道場が要る。そうだ、密教修行にふさわしい道場を探しに行こう。そう考えた空海は伊予親王と阿刀大足に修行に出たいと申し出て許しを請い、南に向けて旅立った。

空海は、大学を出奔した時と同じく第一日目は壷阪山南法華寺《つぼさかやまみなみほっけじ》に一泊し、翌日比蘇寺《ひそじ》に入った。比蘇寺には顔なじみの僧もいた。空海は、はっきりと現在の身分を明かした上で比蘇寺に滞在して冬になるのを待った。厳しい真冬の山岳に身を置いて自分を試したかったからである。

正月を比蘇寺で過ごすと、世話になった仲間たちに別れを告げて小雪の降る中を吉野三山の一、金岳《きんだけ》を目指した。空海はハニメがどのように暮らしているか気がかりだった。

柳渡《やなぎのわたし》から吉野川を南岸に渡ると、雪が盛んに降りしきっており、道がみるみるうちに白く化粧をしていった。南岸には小さな旅籠があって藁葺屋根の煙出しから白い煙が出ていた。火の気が恋しくなった空海は温かい葛湯《くずゆ》を所望した。宿の老婆は旅支度の僧に、この雪の中何処へ行くのかと心配顔で尋ね、金岳に登ると聞くと、

「お止めなされ。ダケさんは今日は大雪だよ。普段の倍の時をかけても行けぬ。ここで泊まって行きなされ」

と言う。

金岳も銀岳も銅岳も、この辺りの人々は親しみをこめてダケさんという。

空海は老婆に礼を言い、葛湯代を払うと、老婆が止めるのを振り切って出発した。道には雪が積もり始めていた。吉野川に沿って少し下流に下り、桃花里《つきのさと》から秋津川沿いに金岳を目指す。平原《へいばら》という地の熊野神社の社頭《しゃとう》を過ぎると、そこから樺木峠《かばのきとうげ》に向かう急坂となる。雪はますます降りしきり、足もとは草鞋《わらじ》の紐を結んでいるくるぶしまで雪に埋まった。新雪なので滑りはしないが段々歩きにくくなってきた。

普段なら二刻もあれば金岳山頂まで行けると思うのだが、先ほどの老婆の言葉が思い出された。なるほど倍の時間をかけても着けぬかも知れん。空海は思う。

——何のこれしきの雪！越えてみせる。

尾根筋に通る道を上って行くと左右の谷に落ちそうになる。急坂なので新雪とはいえ滑るのだ。この道は確か丹生《にう》熊野街道と地の人は呼んでいた。さすがに鍛えている空海でも疲れてきた。耐えて耐えて耐えながらそれでも上る。これも修行だ。これに耐えられなければ今までの修行が嘘になる。

喘ぎ喘ぎ上って行った。街道から右手に上がる小道が見えた。これは金岳、金山寺八幡宮の社頭のはずである。皮付き丸太のままの黒木の鳥居が建っていた。

――もうすぐだ、もう一刻もかからないうちに金岳八幡に着ける。

「空海よ、頑張れ、あの念願の求聞持法《ぐもんじほう》も見事成満《じょうまん》できたではないか」

空海は自分自信に声をかけて励ました。

曲がりくねった木立の参道を上に上にと、冷え切った空間に白い息を吐きながら歩を進める。

遠い。随分と遠い。

空海は般若心経を唱えた。

「観自在菩薩《かんじざいぼさつ》 行深般若波羅蜜多時《ぎょうじんはんにゃはらみたじ》 照見五蘊皆空《しょうけんごうんかいくう》……色不異空《しきふいくう》　空不異色《くうふいしき》
色即是空《しきそくぜくう》　空即是色《くうそくぜしき》　受想行識《じゅそうぎょうしき》　亦復如是《やくぶにょぜ》…」

もう足が動かなくなってきていた。

とうとう空海は座り込んでしまった。

寒さも気にならなくなってきた。

眠い。睡魔が襲ってくる。

あらゆる魔物が空海を喰い殺そうと真っ白な魔界から魔手を伸ばして来ていた。空海は死力を奮い立たせた。

――私は死なぬ。この空海ほどの人間が死ぬ訳はない…。

――ここで死んでしまえば、空海とはそれだけの者よ。ふふ、そんな筈は無い。私は死なぬ。

空海はふと、伊予親王に手渡した『聾鼓指帰』に書いた記述の一部を思い出していた。

…あるときは金巖《かねのたけ》にのぼって雪に閉ざされ凍え死にしそうになり…

――あれはただ文勢《ぶんせい》で書いてしまっただけなのに。奇しくも同じ状況になってしまった。何だったのだろう、あれは。

空海は朦朧《もうろう》としてきた頭で考えたが、もう、夢か現《うつつ》か幻かどうとも分からなかった。

――私は死なぬ、私は死なぬ…死ぬものか…。

「ギャーテーギャーテーハラーギャーテー…」

空海は残っている力を振り絞って真言《マントラ》を唱えた。自分の発する声が白い魔界からそのまま戻って来た。

――もう声が出ない…、ああ、眠い…。

真魚は母、阿古屋の胸で眠っていた。温もりの中、うっすらと目を開けると母ではなく、観世音菩薩さまの膝の上だった。

――ここはどこだろう。

幸せな思いの中で幼い真魚はまた深い眠りに落ちた。

「無空さん、無空さん、しっかりして!」

遠いところから声が聞こえた。たしかに声が聞こえて、空海は答えた。

「私は無空ではない。拙僧は空海だ。…そうだ空海という名に代えたのだ」

空海は自分の出した声がはっきり聞こえた。

「ああ、夢だったのか」空海はつぶやいた。

「夢ではありませんよッ。無空さん、いいえ、空海さん！」

やさしい女の顔があった。空海ははっきりと目が覚めた。

「あッ、ハニメさん」

慈悲の観音さまとハニメの顔が二重写しになり、改めてハニメの愛が感じられて、知らぬ間に自分の頬を涙が濡らした。

上から覗き込んで空海の額に手を置いているハニメの手を、思わず握りしめた。はっと気付いて周りを見回すと、別当の恵真《えしん》の顔があった。

「あ、恵真さん、ありがとうございました」

空海は礼を言い、握っていたハニメの手を慌てて離した。

「空海さん、あなたは雪の中で倒れていたのですよ」

ハニメは成り行きを話した。

辺りが暗くなりかけていた頃だった。雪が降りしきる中、風の音に紛れて人の声が聞こえてきたのにハニメがまず気付いた。初めは気のせいかと思ったが、耳を澄ますと人の声だと分かった。それもそれほど遠くではない。もしや、誰かがこの吹雪の中、道に迷って遭難しているのではないか。この雪では凍え死んでしまう、早く助けに行かなければ、と思った。

別当の恵真に話すと、この雪の中では里の者でもここへは来ない。風の音だろう気のせいではないかという。改めて耳を澄ませると今度は聞こえて来なかった。ハニメはそれでも先ほどは確かに聞こえたと思ったので、恵真に許しを得て住み込みの見習僧の小覚《しょうかく》に付き添ってもらって参道を街道の方へ下ってみた。小覚はハニメの頼みを断ったことがない。

少し下りた所で、うずくまっている空海を見つけたのである。小覚が背中におぶって寺まで連れて帰った。小覚は小僧とはいえ大男なのである。

空海はその夜、温かい白湯《さゆ》を飲んだだけでぐっすりと眠った。

空海は目覚めた時、自分が生きていることを実感した。身体が命の息吹を彼自身に伝えていたからである。枕元ではハニメが心配そうに見ていた。

朝餉《あさげ》は、一椀の茸汁《きのこじる》だった。

僧衣を整えて外に出た。好天だった。朝日が辺り一面の銀世界を照らして目を細めないといられない。神仏に感謝せずにはいられなかった。東に向かって日輪に手を合わせた。密教では日輪の神を「大日如来」と呼ぶ。空海は大日如来の真言を唱えた。

「オンバサラ・ザトバン……」

人の気配に振り返ると、向こうにハニメの姿があった。山頂にある平らになった境内は、昨夜に降り積もった雪に覆われていた。庭の木立の雪が朝日を受けて妖しい陰影を描いている。不覚にもあの夜、灯明に照らされたハニメの裸身を思い出してしまった。

空海は、一人で雪の山中を少し歩いてみたいとハニメに言い、草鞋を結び直すと寺から出た。山頂広場は狭いので昨日上ってきた参道を下りるしかない。

新雪を踏んで下りてゆくと自分が遭難しかかった場所が分かった。後から積もった雪の上からでも乱れが分かるからだ。ここで死にかけていたのだ。ハニメが微かな声を聞きつけて、小覚と二人で助けに来てくれなければ、空海は確実に凍死していた。

――生きていて良かった。ハニメさんのお蔭だ。

陽光を浴びながら歩いていると、命の実感があった。改めて神仏に感謝したいと思った。膝が疼く。昨日どこかで岩にでも足をぶつけたようだった。積もっていた雪の上からだったので大した傷ではなさそうだ。痛みが尚更、生きていることを実感させた。

参道を下りてゆく途中、小さな足跡を見つけて、何の気もなしにその跡をたどり、平たくなった山中に少し入って行った。下草に雪が積もっているので真綿のように柔らかい。木立の間から天空が見える位置で空海は仰向けに寝転がった。抜けるような青空に浮かぶ雲を見ていると、命の不思議を思う。昨日の大雪が嘘のように好天だった。寒さはまったく感じなかった。空を見ていると、そのどこまでも深い青さを不思議に思った。父の生国、讃岐の多度郡屛風ケ浦《たどのこおりびょうぶがうら》の海の青さを思い出す。

この空はどこまで広がっているのだろう。あの海はどれほど深いのだろう。考えればこの世は不思議だらけだった。空と海、そうだ、私の名は空海だった……そう思いながら空海は目をつむった。

ゆっくり静かに呼吸する。雪の山中は実に静かだった。かすかな風のそよぎと、遠くからわずかに聞こえる小鳥の声だけである。

――色不異空　空不異色…

般若心経の経文が頭に浮ぶ。

その時、空海の頭脳は、ほんの微かな気配を知覚した。僅かに足音が聞こえる。そっと空海は目を開けた。確かに音がしたと思う方角に目が動く。その先に兎が歩いていた…

その瞬間、「ザッ」と音がして黒い影が飛び出し、「キュー」と兎の断末魔の鳴き声が目の前を通り過ぎた。見ると黒い動物の後ろ影が走り去った。

――狼だろう。

と空海は思った。

――それにしても……

と空海は思う。

昨日一人の人間の命が救われた。そして今、我が目の前で小さな動物の命が一つ消えた。しかし、と空海は思う。兎の命を奪った狼は、おそらく空腹だったのであろう。あの兎が狼に喰われなければ、狼が餓死したかも知れない。その狼がお腹に仔を宿していたとしたら……

生命《いのち》の連鎖。命とは不思議な循環をしているものだと思う。

『法華経』はいう。

「部分は全体であり、全体は部分である」全てが繋がっているといっているのである。

また、『般若心経』はいう。「色不異空　空不異色　色即是空　空即是色」と。

龍樹《りゅうじゅ》の『中論《ちゅうろん》』では、「縁起するものは全て空である。この世で凡そ縁起しないものはないから、この世に実在すると思える物、実際に見える物も、その実態は空である」と「中観《ちゅうがん》」で説明している。

「物とは何なのか?」

「在《あ》るとは、無いとは何なのか?」また、

「生命《いのち》とは何なのか」…

わからぬ、実に判からぬ。

判らぬことばかりだと、空海の頭は宇宙への疑問で一杯になった。

やはりこれは、渡海して唐で学ばねばならぬと空海は改めて思ったのだった。


しばらく金山寺に滞在したが、もう少し暖かくなれば早々に出て行こうと思っていた。長居してハニメと一緒にいると修行の妨げになるかもしれぬと思ったからだ。

彼女は命の恩人である。今自分が生きているのはハニメのお蔭であることはいうまでもなかったが、同時にこのことを深く考えると、神仏がこの空海を生かしてくれたのだとも思える。

雪に遭難したあの時、空海の叫び声を神仏がハニメに届けたのだとも考えられる。この空海に神仏は何かの役割を求めておられるのだとも思った。命を存《なが》えさせてくださった神仏に対しての感謝は、自分がこの世で与えられた天命を立派に成し遂げることだと気がついた。


所々まだ雪の残る日、空海は、恵真と小覚に世話になった礼を述べ、修行を続けると言って寺を出た。寺門の方を振り返るとハニメの姿があった。空海を見ると転がるように坂道を走り下りてくる。どうやら気付かれていたらしかった。

「捨てて行くなんてひどい。それもあたしに告げずに…」

追いついたハニメは空海の背にしがみついた。

「あたしは… あなたを知ってから、あなただけに愛されたくてずっと身を慎んでいました。あたしはあなたの子が産みたい。どうかあたしに子を授けて…いつまでも待つのでお願い…」

空海は黙ってかぶりを振った。

ハニメは空海の前に回り込んで来た。そして空海の胸に顔を埋めてむせび泣いた。

「ハニメさん、命を助けてもらって本当にありがとう。今生きているのは、あなたのお陰です。心より感謝しています。でも…、だからといってあなたの願いには添えません。私は出家しているのです。仏道をもってこの身をこの国に献げようと心に誓ったのです」

空海はハニメの肩を両手でつかむと、目を見つめて言った。

「拙僧は、この空海は、これより空と海を友に、大地を妻と考えて仏道に精進します。なので空海のことは忘れてください。身勝手ですまないと思いますが、どうか他に良い相手を見つけてほしい」

「空海さん…」

ハニメはもう何も言わず背を向けた。肩が上下に震えている。

空海はハニメを不憫に思ったが、思い切って踵を返そうとした。その時、目の端に先の木陰に佇んでいる小覚の姿が入った。

——ハニメさん、どうか幸せになってください。

空海は逃れるように早足で参道を下の街道の方へ降りて行った。


南に向かった。金岳《きんだけ》八幡の社頭から、丹生《にう》・熊野街道を南へ向かう。南接する銀岳には通称神蔵宮《かみのくらのみや》とも呼ばれる波宝《はほう》神社があって、昔より吉野奥山に修行する山伏が入峯《にゅうぶ》の際、必ず立ち寄る習いがあった。今、南方の奥山に向かう空海はその社頭に一人佇み、心願の成就を祈念した。社頭の鳥居から参道を上ると海部峯寺《あまべのみねでら》がある。でもそこにはニホメがいるので、彼女の思いに添えない空海は会うことを避けるしかなかった。

次の銅岳に向かう。銀岳の南麓を下りて丹生川を南側に小岩伝いに渡って急峻を上る。この銅岳は銀岳よりわずかながら高い。

山頂は狭いが見晴らしは良い。ここには櫃ヶ岳大明神社と雲仙寺と呼ぶ寺がある。

一年ぶりに光乗翁《こうじょう》に会った。

空海は平城《なら》で伯父の大足に会い、詫びを入れて許しを乞うたこと、そして仏教者になる許しを得、大安寺僧空海として得度したことまでを話した。そして何とかして入唐《にっとう》し、本場の密教を学びたいと思っているとかつての決意を再び語り、遣唐使に随伴して渡海する道を模索したいとも話したが、伊予親王のことは伏せておいた。

光乗翁はたいそう喜んでくれた。

「さて、空海どの。私は以前にも言ったが、我ら丹生の朋輩はこぞってあなたを支援する。これは我が一族の総意でもある」

翁は改めて言った。

「おそらく空海どのなら入唐僧の候補には選ばれるだろう。伝手《つて》を頼りに留学僧に選任されるようその手立ても考えて見よう。我が一族に縁《ゆかり》の大伴卿に助言を願っても良い。ただ、留学の期間はできるだけ短い方が良いと思う。あなたなら規定の二十年をかけずとも短期間で密教をも修得できるだろう」

光乗翁は繰り返し、

「真っ先に大事なのは、留学僧に選ばれることじゃ。聞いたところによると、すぐに帰国できる還学僧《げんがくそう》の人選は、もうすでに比叡山寺の最澄上人に決まっているらしい」

翁はそのような都の噂にも通じていた。

「だがの、空海どの。せっかく入唐できても、帰りを急いだ為に先進の文化を吸収できないでは何にもならん。悉皆《すべて》学び取って帰ることが肝要じゃ」

光乗翁は早く戻ることより、できるだけ多くを学び取って帰ることが目的なので、還学僧に選ばれての一年などではとても学びきれぬともいう。

「空海どの。もし入唐することが叶うとして、それから先のことも考えておかねばならんであろう。その次に大事なのは、政権中枢に取り入ることじゃ。それでなければこの国は動かせぬでのう。今その大王は桓武帝であろう」

翁はとうとう帝の名まで出した。

「逆に言えば、…、桓武帝を覇王として盛り立てるということが、あなたの役割でもあるといえる。さすればこの国は文字通り平安京となる。民百姓も安泰という訳じゃ」

話しぶりに熱がこもる。

「そこでじゃ、彼の地で学ぶには金《かね》が要る。様々な文物を帰国の際に舶載《はくさい》するにはまずもって金銀じゃ。それも多いほど良い」

翁は帰国の際の心得まで述べる。

「及ばずながら空海どの。我等は一族をあげてその資金を提供するつもりだ。どうか我らの気持ちを受けて欲しい」

光乗翁は一族の期待を空海に託したのであった。

「それは願ってもないこと。ありがとうございます。運良く入唐できる幸運を得ました折にはお願いいたします。そのためにこの空海、全身全霊をかけて精励します」

彼等が援助してくれるとなれば、これほど心強いことはなかった。彼ら丹生一族は採鉱精練を生業とし、丹砂《たんさ》採掘をも独占して莫大な資金を蓄えていると聞いていた。

「援助は砂金でお渡ししよう。それが一番使いやすいだろう」

光乗翁はこともなげに言った。

「それは有り難いことですが、まだ留学僧に選ばれるかどうかも決まっておりません」

「いや、それは間違いないだろう。あなたの他に適任がいるとは思えぬ」

翁は信じて疑わぬというくちぶりだった。

「それに、それより前に私は神仏に謝罪しなければならないことがあります」

空海は翁に打ち明けた。

「実は、私は女犯《にょぼん》を犯してしまったのです」

そのような訳で願い叶って留学僧に選ばれ、渡唐しても仏罰に当たって海路途中に遭難するかも知れません。いえ、遭難しなくても仏徒になる資格がないかも知れないのです。つい女人を抱いてしまったこと、今では後悔しています。

勿論二度と、これから先に戒律を犯さないことを光乗師匠の前でお誓いします。どうかお許しくださいと、許しを乞うた。

「ハハハ、そのようなことで悩んでいるとは。密教は必ずしも女人と交わることを否定している訳ではない。空海どのも女人を知られたか。それは良かった」

光乗翁はさも可笑しそうに笑った。

「気にしないでよい、今に分かる。女人も知らないで人を導くことなどできるものか」

それもまた、涅槃《ねはん》の境地と思うぞ。そのような経典があるやに聞いた気がする、と翁はこともなげに言い、それも必要な修行の一つと、気にする風もなかった。

空海は少し気が楽になった。罪が軽くなった思いがしたのだ。

「ひとつお願いがあります」

お願いというよりこれはお尋ねしたいことなのですと空海は翁に言った。

「渡唐して密教を運良く修得できたとすればのことですが」と空海は言う。

持ち帰った密教の経典をこの国に広めるため、密教僧を養成する必要がある。

そのための道場を探しておきたい。できるだけ猥雑な都邑《とゆう》を離れた深山幽谷が密教修行には必要だというのだ。

「そうした自然に恵まれた道場を探しています。そこは多くの塔頭や堂塔、僧堂を必要とするため相応の広さが必要です。そのような土地に心あたりはありませんか」

光乗翁は、

「私がこの目で見たわけではないのだが」

と、ことわって、

「空海どの。あなたは光の道というのをご存知か？」

「聞いたような気がいたしますが、よくは存じません」

「艮坤《ごんこん》、つまり丑寅《うしとら》（北東）から未申《ひつじさる》（南西）の方向に至る天空の、日輪が通る道筋を光の道という」

翁がいうには、この天空の道筋の東南側を『陽』と言い、反対の西北側を『陰』という と説明する。これは聖なる境界である。この吉野の三山の南端から南西の方向が最も聖なる方角で、その先にこの国の最も大切な高原がある。そこは高天原《たかあまはら》ともいうべきところだ。神蔵宮の向かう方角にこそ、その道場にふさわしい土地があるはずだと光乗翁は説いた。

「ちょうど良かった。来月、その方角に向かう男がここに来ることになっている。その者はその土地をよく知っているので、空海どのと引き合わせよう。それまでここで待つがよろしい」

光乗翁は、心当たりがあるので案内させるというのであった。

注

1 平安時代の初めごろから、出家者の人数を限定する制度が行われ、その年度に出家得度する許可を与えられた人を「年分度者」というが、この選定試験のこと

2　大学や国学から推挙されてきた優秀な子弟を、官人に登用するための選別試験「ぐこし」ともいう

3　清書する際、その用紙の裏側から箆《へら》型押しをして、当たりを取って正しく真直ぐに書きやすくする筋引きのこと

紀伊高天原

幾日かが経ち、一人の逞しい男が雲仙寺に来た。白黒二匹の犬を連れ片手に弓を持ち、腰に毛皮を巻き、背には革袋に入れた矢束を着けている。狩人のようだ。

「空海どの、この者は狩場太郎《かりばたろう》という犬飼《いぬかい》じゃ。吉野の西、宇智郡布々木里《ふふきのさと》から紀国伊都郡《きのくにいとのこおり》一帯を差配する我が一族につながる者である」

光乗翁は大男の狩人を紹介した。

「空海と申します。仏道修行の者です」

「わたしは吉野から紀伊・熊野にかけて狩りをしている犬飼です」

犬飼の狩場太郎は空海に向かって話す。

「我らは山歩きの山民《さんみん》です。仲間は獣を求めて狩りをしたり、鉱脈を見つけることを生業としています。中には川漁《かわりょう》をしたり、山菜や山果《さんか》を採って暮らしたり、木地師や竹細工師をしている者達もいます。いずれも山河を生活の拠り所としているので山の様子は誰よりも知っている者達ばかりです。この辺りから南の山のことならどの様な所へでもご案内しましょう」

どうやらすでに、光乗翁の意を受けているかのような話しぶりである。

「ところで狩場太郎よ。この空海坊が仏道修行に格好の地を探しているのじゃが、どこか良い地を知らぬか。私は南西の方角が良いと申しておるのじゃが？」

「はい。この銅岳より南西の方角に、四方を山に囲まれた幽玄の高地がございます。高地といっても水が不足することがない恵まれた土地です。そこは正に、天に開けた高天原《たかあまはら》ともいうべき格好の土地と言えましょう」

狩場太郎は自信を持って薦める。

「是非ともその地へ案内をお願いしたい」

話を聞いた空海は即座に応えた。

「南西の方角と言いましたが、尾根伝いの道が南西の方には続いておりません。そこで、まず南に向かい、そして西に行く先を変えてその高原に向かいます。およそ三日でその地に着きます。よろしければ明日早朝からでも発《た》ちましょう」

「それがよい」

光乗翁はすかさず同意した。

明くる日の早朝、空海と狩場太郎は銅岳の白雲庵を出た。先頭を白黒二匹の犬が行く。続いて狩場太郎、空海と続く。尾根伝いに吉野からまず南へ向かった。

犬たちは先に先にと歩いてゆくが、後を行く太郎と空海が遅れると時々後ろを振り返り、歩調を緩めたり、時には立ち止まって二人が追いつくのを待っていたりする。空海が注意して見ると白黒二匹の犬には序列があるのか、いつも先頭を行くのは白犬で、黒犬が白犬の前に出ることはなかった。太郎に聞いてみると、二匹は何れも紀国犬《きのくにいぬ》で、古《いにしえ》より猟犬として人に飼われてきていて、自ずと序列や役割ができるのだという。白犬が黒犬より優位というのではなく、あくまでもその個体によって決まってくるのだそうである。まれに随分大きな紀国犬もいるが、たいていは中型犬で、性格は飼い主に従順で賢く勇敢なのだという。熊や狼にも臆せず果敢に立ち向かって死ぬまで主人を護るという。この紀国犬が何らかの事情で飼い主を失い、野生化したのが山犬らしい。野生化すると大型化するともいい、狼と混血するからだろうと太郎は空海に話した。

尾根道の高所から見渡す南方の山々は、紀国東部とその向こうには重畳と熊野の奥山が連なってみえる。遠くに霞む山々は群青色だが、近くの山は萌黄色の若葉が芽生えて来ていた。

古代の道路は尾根筋から発達していった。平地はともかく、吉野などの山地は、集落も山丘の上部から成り始める。特に道路が交差する要所から村落が形成し始めるようであった。

古代の村落の初めは、地名で落合《おちあい》といわれる山の峠や、山と山の鞍部《あんぶ》は古代道路の要所となる。古代の道路網は、こうした鞍部から各地へ尾根伝いに連なっているものだ。古代の道路はほとんどが尾根道のはずであった。距離的にも尾根伝いの道が最短距離になる道理である。そのかわり概して尾根道は細いものである。

一方、沢伝いの道も考えられるが、山国の場合は沢に近いほど傾斜も急で草木が生い茂っており、道路には成り難いものである。河原伝いに歩ける所は限られてくるのだ。川に沿って道路が作られるのは近世から近代になってからのことである。

歩きながら空海は前年、平城《なら》の旧都に行き、伊予親王に手渡した『聾鼓指帰《ろうこしいき》』と題した戯曲風の論文のことを思い出していた。それは空海が書き上げたものだった。それには、何故自分が大学を出奔してまで仏道修行を目指すのかを、儒教・道教・仏教の三教を比較して、仏教が最良であることを述べた。

そして、それは自分を売り込む為の自薦の書でもあり、空海がその全身全霊を傾けて書き上げたものだった。幼少の頃より、王羲之《おうぎし》の書風を手本にして磨きをかけた書法と、漢文で培った文章能力を存分にふるった作品ともいえるものだった。唐の文人にも大きなひけはとるまいとの自負もあった。これが伊予《いよ》親王《しんのう》の手を通じて、桓武帝が御照覧あれば自分は必ず評価されるだろうと期待していた。

書いた内容を思い出す。

――ときに平安朝の御代《みよ》、聖帝のめでたい年号、延暦十六年十二月一日序文末に日付を入れた。その本文には、自分を「仮名乞児《かめいこつじ》」という人物になぞらえ、このようにも書いた。

——瓫《ほとき》のような頭に短い筋張った首、泥亀のような身体で、壊れそうな木鉢《きばち》を持ち草鞋《わらじ》を履いて、市中の乞食すら恥じるような姿であった。友とて優婆塞《うばそく》ほどの者しかおらず、人々に嘲笑されながら町や村を放浪していた。ある時は金巖《かねのたけ》にのぼって雪に閉ざされ生死の境をさまよい、あるときは石峯《せきほう》に挑んでは食糧が尽きて餓え死にしそうになったこともあった。また時には、住之江の遊び巫女や尼僧にも心をうごかしたこともある。霜を払って山菜を食べ、雪を掃いて肱を枕とした——

空海は、苦しかった修行の日々を思い出しながら歩いた。先を行く二匹の犬の後ろを、狩場太郎、そして空海が続く。

布々木里に入った。ここは精練の村で富貴《ふき》とも書き習わし、昔は灰吹《はひふき》と呼ばれた露天タタラの邑《むら》であった。今でも精練と鍛冶を生業としている。ここには狩場太郎の配下の者達も多く住んでいるらしく道々で出会う人々と顔見知りのようだった。太郎は笑顔で挨拶を交わし、二匹の犬は尻尾を振る。

筒香峠《つつがとうげ》への急峻を上って行くと、途中の沢には朱色に塗られた小祠が二社、対にして祭られていた。空海が聞くと、

「それは我々が『丹生津姫《にうつひめ》さま』と『高野御子《たかののみこ》』とお呼びして、先祖代々お祀りしている鉱山神と地主神です」

と狩場太郎は答え、紀国伊都郡ではこの精練の女神と高野の地主神である高野御子神をどこでも対にしてお祭りしているという。

それから阪本と呼ばれている集落を過ぎ、さらに今井峠に向かう。峠を越えた辺りにある今井里の、廃屋同然の苫屋《とまや》で一日目の夜を明かした。その家の主は、税が厳しく他国へ逃げたか、生きるための食物も足りずに死に絶えでもしたのだろう。雨漏りのしそうな朽ちかけた小さな屋根には雑草が生えていた。

明くる日からは、南に向かっていた方向を西行きに変えて、一路伊都郡高野《たかの》をめざした。平川から天狗木峠に向かって細く険しい山道を二匹の犬と二人の

男が行く。

二日目の夕方、峠を越えた先の陣ヶ峰という山の中腹に岩屋を見つけその中に入った。その岩穴の奥には、高取山越えの山道で見たのと同じような石神が祭られていた。

空海の行く先々には、まるで空海の守護でもするかのように、このずんぐりとして鬼のような石神が祭られているのだった。ここでも空海は跪くと、手を合わせて伏し拝んだ。

狩場太郎も後ろで同じように黙って頭《こうべ》を垂れた。

「今夜はここで寝ましょう」

狩場太郎はそう言うと、弓と矢束の革袋を岩屋に置いて外に出て行った。しばらくして、その辺りで拾い集めたのか小枝を両手で抱えて帰ってきた。そして腰に着けている小さな革袋から道具を出し、手慣れた動作で火を起こす。食事は火がなくてもできるが、春とはいえ深山の岩屋の夜は冷え込むし、明りが必要だからである。

二人は昨日と同じ食べ物を出した。それは雲仙寺の若者が二人のために用意したものだった。乾飯《ほしい》と小魚の干物である。乾飯は、持参している竹筒に入れた水で水分を含ませて食べるのである。小魚はいうまでもなく副菜《おかず》であった。しかも朝夕二食の質素な食事である。

二人が食事をはじめると二匹の犬たちは連れだって出かけた。昨夜もそうだった。しばらくすると獲物を咥えて帰ってくる。昨夜は兎だった。二匹は一つの獲物を分け合って喰うと、いつの間にか太郎の足元で丸くなって寝ていた。

道中、休憩の合間に二人はよく話を交わした。

「山の民には、金堀《かなほり》、樵夫《きこり》、狩人《かりゅうど》と、凡そ三つの生業があります。そして、それぞれに神を祀っております。すべて山人の神々です」

と狩場太郎は言う。

「今、この国は胡神《こしん》（仏教）を国教に定めようとしていると聞き及びましたが、それは如何なものでしょう」

仏教の神は大日さまか阿弥陀さまか知らないが、それが国の定める主神だとすると、我々が信奉してきた古い神々はどうなるのだという。切り捨ててしまうのかと不満をぶつける。

狩場太郎は、なお空海に言う。

「胡神も我らが山神も同じ神ではないですか。八百万《やおよろず》の神、皆同じでしょう」

聞いていて空海は思う。

大日輪のもと、大日如来さまのもとに、この世は草木も山河や土や石、生き物すべてが同じ恵みを受けているはずだ。そうだ。仏道だけが、密教だけが唯一なのではない。この日本国《ひのもとのくに》では神仏を同等に崇めるべきだと思う。空海はそう思い、狩場太郎の話に同意した。

空海は、また、狩場太郎から採鉱や精練の話を聞いた。彼ら犬飼とも呼ばれる人たちは鉱脈探しもしている。一部の修験・山伏も同様の能力があって、彼らには、闇夜の地光《ちこう》によって、あるいは地表の植物によって地下の鉱脈の有無や種類が判るというのだった。

空海は狩場太郎と同道するうち、彼から多くのことを学んだ。また、お互いに遠い先祖は同族ではないかと感じていた。

日の出前のまだ薄暗い中、空海は犬の鳴き声で目を覚ました。起き上がってみると、狩場太郎はもう岩屋の外に出ている。犬たちも外で走り回っている。その日も好天だった。二人と二匹は三日目の朝、目指す高野《たかの》への道の途中にある桜峠に向けて出発した。峠を越えた先が高野だ。

「今日は正午過ぎには高野に着けると思います」狩場太郎は笑顔で言った。峠への道を黙々と上る。もうすぐ到着と思うと自然と足も軽やかになった。

桜峠に着いた。

見晴しから、太郎が指さす前方間近に大きな山塊《さんかい》が見えた。この峠の位置よりかなり高い。倍くらいの高さの山々の重なりが奥に広がっているように見える。太郎の説明によれば、そこは広大な平地で、高地といえども水に不足はなく、建築のための材木にも事欠くことはないだろうと言う。桜峠を過ぎ、いよいよ次は目的地の高地に向かって歩む。

随分険しい山塊だった。ようやく東側から台地に足を踏み入れた。高野の地は東西に延びているようだった。沢にはたっぷりと清らかな水が流れている。そして樹木は鬱蒼と叢生しており、なるほど建築の用材には困らないだろうと思えた。みると松や高野槇《こうやまき》の他、寺院建築には欠かせない檜や杉の大木も十分にあった。

太郎が勧めた通り、正に密教の修行道場にぴったりと言える高原の幽地で、空海が頭に描いていた地形そのままだった。

彼らが高野《たかの》と呼ぶその地の中頃と思える辺りまで来たとき、狩場太郎は突然、空海の前に平伏して言った。

「我等が一族の主《あるじ》、吉野真人《よしののまひと》、光乗《こうじょう》からも御坊の評判は聞いております。私、狩場太郎の配下もこぞって御坊に帰依いたします。どうかご指導ください。勿論この地も自由にお使いください」

狩場太郎は大仰に地に伏して空海に申し出た。

この狩場太郎という人物が、後に狩場明神として空海に祭られることになる、犬山師《いぬやまし》宮内太郎家信その人であった。

地元、紀伊国伊都郡の『明神由来記』には、

「遊猟を好み、獣皮を着けて戯れに備う。小河内郷皮張村百合草野で亡くなり、そこで葬られ、後に空海により狩場明神として祀られる」ということが記されているという。

入唐に向けて

空海は、紀伊国高野《たかの》と呼ばれる地を見回ったのち、旧都平城《なら》に戻った。そして佐伯院の側にある阿刀大足《あとのおおたり》の屋敷で、改めて四書五経などの勉学に勤しんだ。

また、すぐ近くの大安寺にも赴き、渡来僧から唐語についても学び始めた。もし留学僧《るがくそう》に選ばれ、遣唐使に随伴して入唐《にっとう》できることが決まると、必ず唐語が必要になってくる。通訳を当てにしては存分には学べないと思ったからである。それだけではまだ不足だとも思った。唐にもたらされた天竺の経典には梵語で書かれたままのものも多くあるに違いなかった。やはり、梵語の知識がどうしても必要だと思う。懸命に、文字通り命をかけた勉学を続けた。

空海は求聞持法《ぐもんじほう》修得の成果を明確に自覚できた。聞いた事・目にした事・読んだ事は、渇いていた土が水を吸収するように、漏れなく空海の頭脳に知識として蓄えられた。真魚《まお》と呼ばれた幼少の頃から人一倍記憶力は良かったが、そればかりか理解力、応用力など全ての能力が格段に向上していたのだ。

――記憶力増強の秘法、求聞持法は本当だったのだ。

大安寺前で出会った沙門の言葉を信じて求聞持法に励んだのは正しかった。

空海は心で深く、名も知らない沙門に感謝した。

一年近く過ぎたある日、伊予親王を通じて桓武帝から空海に内密に会いたいという使いがきた。

山城の平安京紫宸殿に、空海は伊予親王、伯父の阿刀大足と三人で訪ねた。勿論空海が帝《みかど》に会ったのは初めてである。

会談の中で帝は、空海の『聾鼓指帰《ろうこしいき》』を見たと言われた。そして甚《いた》く感銘したとも仰せられた。儒・道・仏、三教に対する空海の慧眼、そして仏教を最良とする考えにも同意できると言われるのである。またその文章力や洗練された書法にも大いに驚かされたというのである。それだけではなかった。

桓武帝は空海にこう言った。

「詔書《しょうしょ》としては出さぬが、これは勅命である。朕の側近としてこれより仕えよ」

そして空海には、我が国のため唐国へ行き、多くの文化を学び取って持ち帰ってもらいたいというのであった。そのために、折を見て遣唐使に随伴させる留学生に任命しようと思うと言われたのだった。

さすがに空海も驚いた。ある程度の自信はあったが、これほど早く自分の願いが叶う成り行きになるとは想像以上だったのである。

桓武帝は唐の文化を国政の模範としていた。また帝自身、唐の文化に明るく、唐の詩文や書法に長じておられるということを空海も聞いて知ってはいた。桓武帝は中国風の帝国の構築をこの日本で目指していたのだった。

この時以来、空海は今までの交友関係に自ら制限を加えた。

それは、桓武帝の命に服し、役目を充分に果たせるよう、より一層唐語や梵語の習熟に励むため、より多くの勉学の時間を必要としたからである。唐人同様に唐語の読み書き能力を養うことは、その恩に報いるためであったが、それがまた、自分の今生に課せられた天命であるとも自覚していたからでもあった。

そして数年、寝食を忘れるほど勉学に励んだ。

延暦二十三年（八〇四）四月、入唐を間近にして空海は、東大寺の戒壇院《かいだんいん》で具足戒を受戒した。このとき師となった泰信《たいしん》は、空海の大学寮学生時代に大安寺前で呼び止め、密教を学ぶように奨め、求聞持法を示した恩人だった。一介の優婆塞《うばそく》だったその人は、十三年後立派な法師となっていたのである。具足戒の師となった唐僧の泰信は、空海の幼名まではっきりと覚えていて、授戒のおり密かに空海の耳に、その幼名の真魚をマイヲと正確にささやいた。

――空海は、ほどなく正式に留学僧《るがくそう》に選任された。

延暦二十三年（八〇四）五月十二日、四隻の遣唐使船は難波津《なにわのつ》を出帆した。空海は、留学僧として遣唐大使・藤原葛野麻呂《ふじわらのかどのまろ》と同じ第一船に橘逸勢《たちばなのはやなり》と共に乗り込み、一方、比叡山寺の最澄は、同じ遣唐使船団の一員として前年より九州で待機しており、還学僧《げんがくそう》として通訳を連れ、弟子の義真《ぎしん》と共に、判官藤原清公《ふじわらのきよきみ》が乗る第二船に博多津から乗船した。四隻の遣唐使船は、七月六日肥前国田浦《ひぜんのくにたのうら》から玄界灘に出、入唐への途についた。

――桓武帝に空海との縁を運んだ伊予親王は、桓武帝退位後、平城帝の時、母と共に反逆の罪を問われて服毒自殺をすることになる。桓武帝は第五十代の帝である。その第一皇子が第五十一代の平城帝だが在位が三年にも満たず、次の第五十二代の嵯峨帝となる。唐より帰国後、空海を最も愛したのが嵯峨帝だった。この帝は漢詩文に長じ、また、橘逸勢、空海とともに三筆《さんぴつ》と言われるほどの能書家《のうしょか》でもあった。

有り余るほどの才能を備えた空海ではあったが、嵯峨帝の恩寵なしでは空海の名声はなかったのも事実であった。

参考文献

『空海「三教指帰」』加藤純隆・加藤精一訳／角川学芸出版
『空海全集』第6巻「聾瞽指帰　序・十韻の詩」』村岡空訳／筑摩書房
『金峯山』首藤善樹著／金峯山寺
『弘法大師物語』直木三十五・釈瓢斎著／スタジオ類
『天平の甍』井上靖著／中央公論社
『沙門空海』渡辺照宏・宮坂宥勝著／筑摩書房
『空海と錬金術』佐藤任著／東京書籍
『若き空海の実像』飯島太千雄著／大法輪閣
『空海の風景』司馬遼太郎著／中央公論社
『奈良県吉野郡史料』吉野郡役所／大正十二年刊
『新撰姓氏録の研究』佐伯有清著／吉川弘文館
『日本姓氏大辞典』丹羽基二著／角川書店

『岩波　仏教辞典』岩波書店
『日本霊異記』新日本古典文学大系／岩波書店
『續日本後記』講談社学術文庫／講談社
『丹生の研究』松田壽男著／早稲田大学出版部
『吉野その歴史と伝承』宮坂敏和著／名著出版
『天河への招待』大山源吾著／駸々堂出版
『真言密教と古代金属文化』佐藤任著／東方出版

「あとがき」に代えて

●空海はどこの生まれか

空海は、多くの伝記で讃岐国多度郡《さぬきのくにたどのこおり》で生まれたとされています。ところが最近、高野山大学の武内孝善教授は、空海誕生地は讃岐ではなく畿内だという説を出されています。

たしかに讃岐に母、阿刀《あと》氏の痕跡はなく、畿内には大和国（平城京）と河内国に阿刀宿禰《すくね》、阿刀連《むらじ》の拠点があったことが『新撰姓氏録』で分かります。調べてみますと『延喜式』「神名帳」に、河内国渋川郡跡部郷《かわちのくにしぶかわのこおりあとごう》には跡部神社が記載されています。古代の祭神は、阿刀大神とされているので阿刀（跡）氏の本貫地《ほんかんち》とみなしてよいでしょう。

この時代は妻訪婚の時代なので、空海は妻阿刀氏の家で養育されたと考えられます。『續日本後紀《しょくにほんこうき》』には「法師者。讃岐國多度郡人。俗姓佐伯直」と記されていますが、父が認知すると父の本籍に入れられると考えられるので、この記述は間違いとはいえません。そのような訳で、ここでは空海の誕生地を河内国としました。

さて、弘法大師の生涯を知るための資料は数多くありますが、伝記などでは脚色しているのも少なくなく、史料として信頼がおけるものは『続日本後紀』の「空海卒伝」と『聾瞽指帰《ろうこしいき》』、そして「最澄の空海宛書簡」くらいと思われます。高野山地蔵院所蔵の『高野大師行状図画』や、東寺蔵の『弘法大師行状絵詞』などは、明らかに宗門側の潤飾があるように見受けられます。唐より帰国してから『聾瞽指帰』を書き改めたと考えられる『三教指帰《さんごうしいき》』は、本文は『聾瞽指帰』と同じですが、序と巻末の部分が違います。これは本人が帰国後、表題を改めた際に加筆・修正したもののようです。

また、空海の幼名は、多くの伝記で「真魚《まお》」であったとされていますが、弟子や信徒に遺したとされる『御遺告《ごゆいごう》』や高弟の真済《しんぜい》が著わしたとされる『空海僧都伝《くうかいそうずでん》』

にも、空海の幼名は真魚であったとは記されてはいません。しかし、ここではその他の伝記などに従い同様の真魚としました。

さて、この「真魚」、幼年期から京の大学を出奔するまでと、そして二十四歳で『聾瞽指帰』を著わしてから三十一歳で入唐するまでの十年間くらいがよく分かっていません。そこで若き空海、謎の十年間を物語にしようと試みたのが、この『もう一つの空海伝』です。

●空海と唐語の習得について

ところで空海はどこで唐語や梵語を学んだのでしょう。入唐してすぐに空海は不自由なく、唐語を操り、都長安に上って、恵果和尚《けいかかしょう》に会っても梵語に齟齬をきたさなかったようなので、日本国内にいる時からすでに唐語や梵語に習熟していたと考えられます。唐に実際足を踏み入れても、とても一年や二年では外国語を不自由なく操れるものではありません。日本国内で集中的に修練したと考える方が自然です。当時日本の平城京は紛れもなく国際都市でした。多くの外国人が往還していました。

大日経と金剛頂経《こんごうちょうきょう》を依りどころとしている密教も、現代の私たちが考えているより前に渡来していた可能性があります。玄昉《げんぼう》、道鏡らがその密教の系譜です。

また、平城《なら》には多くの渡来僧が居ました。例えば時代が遡りますが、聖武天皇が建立した東大寺大仏殿の盧遮那仏《るしゃなぶつ》の開眼をしたのは、インドバラモン階級の僧、センナ（菩提僊那）でした。この天竺より日本の大仏の開眼のためはるばる渡来したセンナは、奈良で余生を過ごしたともいわれています。その寺は現在、バラ園で有名な「霊山寺《りょうせんじ》」だそうです。

他にも、遣唐使船の一員として入唐した者が、現地の女性との間にもうけた子どもを伴って帰国した例もあります。例えば玄昉の弟子、元興寺《がんごうじ》の浅野魚養《あさののうおかい》は、吉備真備の在唐時の落し胤ともいわれています。

そのような訳で、当時の有名な大寺や都の政庁には、外国語を話し、読み書きできる多くの人々が居た可能性は大きいと思われます。事実、大安寺や元興寺には多くの渡来僧が居住しており、吉野の比曾寺は、さながら中国寺院のようでひとつの治外法権的な権限を有していたとの説（村岡空氏）もあります。
奈良はたしかに「シルクロードの東の終点」といえるのです。それは正倉院の宝物を見てもお分かりになるでしょう。

●秘密主義者、空海

空海は秘匿の人です。
密教も文字通り秘密の教え。
ことに空海の密教は、仏教とはいえないかも知れません。
そのように思えるのです。

たとえば幼名の真魚。
そして教海、如空、空海と名乗って行ったこと。
空海の名は、教海と如空から後ろの一字をとってつなぎ、逆に読んだ命名でしょう。

真魚とは、真の魚と書く／マ・イヲ。

この魚から私が思いつくのはイエス・キリストのシンボルが魚だったことです。

空海は長安で、おそらく景教を知ったと思われます。長安には、他にも清真寺と呼ばれる回教寺院がありました。もちろん、好奇心・向学心の旺盛な空海のこと、いずれの教会へも行って、宣伝使から教義を聞いたと思われます。そこで景教に特別興味を覚え、あるいは心から信奉したのかも知れません。

空海は自ら書物を書き、その論文で自分そのものや仏教についてさも確かな論を連ねます。

しかしながら、実は、そのことによってかえって真理を隠蔽、秘匿しているようにすら思えるのです。実際、空海は反仏教者かも知れないと思うふしすらあります。

空海は様々なところに仕掛けをほどこしているように思えてなりません。

彼の作だともいう「いろは歌」や「君が代」、そして「さくら」の歌詞も秘密のにおいが離れないのです。

これらは空海の作だといい、一方でそうではないと、否定もされています。

何処かに、どちらともいえるような言質や証拠を残しているようなのです。


また、日本の地に、たとえば高野山に、後の時代の人々が、あっと驚くような大仕掛けをしているかも知れません。

日本の、世界の未来を読んでの、もちろん人々を救うための仕掛けです。

超人空海は、きっと大仕掛けを後の時代の人々のために残しているはずです。

もちろん仕掛けと言っても機械仕掛けではないのです。

最も空海が大切にした形而上の、秘密の仕掛けであることはいうまでもありません。

●空海と最澄

空海について書くと、比較上最澄に触れないではすまされません。最澄は、近江国滋賀郡古市郷生まれで空海より七歳ほど年長。幼名を広野といったようです。父は、三津首百枝と伝えられ、後漢王族の血を引く渡来人の家系といわれています。

空海と最澄を比較して、一般的にいわれているのは、空海は入唐して恵果阿闍梨に会い、金胎両部の密教をすべて継承して帰るまで、ほとんど無名だったのですが、最澄は当時の宗教界にあって、空海とは比較にならないほどの地位の高い僧侶だったということです。

最澄が桓武天皇に特別目をかけられ期待された一流の僧であったことは事実でしょう。

しかし、空海より遙かに上の僧であったとはいえないと、私は思うのです。

では何故そう思うかですが、

「第一船に、遣唐大使・藤原葛野麻呂《ふじわらのかどのまろ》、副使・石川道益、橘逸勢《たちばなのはやなり》、空海ら

が乗船したことに対して、最澄は、第二船に判官・藤原清公《ふじわらのきよきみ》、最澄の弟子の義真《ぎしん》、最澄の通訳らと一緒に乗っていたこと」が挙げられます。

思うに、第一船の方が船体も堅牢で装備も良かったのではないかと思うからです。

また、それより先に最澄が乗船して渡海した時、遭難して九州に戻って待機していた経緯があります。

普通は失敗を忌み嫌い、すぐには乗船させないことが多いのが通例のようでもあります。

そのようなことからも、実際は最澄よりも空海の方に、より大きな期待を寄せていたと思えるのですが如何でしょう。

空海と最澄を比較すると、帰国以前は遥かに最澄が上だったというのが通説のようになっていますが、その経歴を比較するなら、むしろ空海の方が入唐《にっとう》以前から上位だったのではないでしょうか？

五位以上の位階の子弟でなければ入学出来ないと言われた難関の、日本で唯一の大学寮に入学し、高級官吏になれるほどの高等学問を学んでから、僧侶を目指した第一級の知識人が空海なのです。

渡唐以前、空海は伊予親王に渾身の上申書ともいうべき『聾瞽指帰』を手渡しています。

それが伊予親王の手を通して桓武天皇に渡っていることが濃厚です。

あの卓越した文書（戯曲風論文）を見た桓武天皇の驚きぶりが見えて来そうな気がします。なにせ僅か二十四歳にして、唐の文人も驚くほど巧みな四六駢儷体で、存分に儒・道・仏、三教の優劣を論じています。後に入唐した際、遣唐大使の代筆をして唐の高官が驚いたのが納得できるというものです。

王羲之の書風を我がものにし、そればかりか、あらゆる雑書体を駆使して、見事に書き上げているのです。おそらく、それを見た者は最高の評価を下したに違いありません。

空海の渡唐以前を見渡すと、この『聾瞽指帰』を上表した後より、空海の消息が消えていることからも、入唐のための準備に入っているように思えるのです。

おそらく改めての四書五経の修習はもちろん、唐語や梵語を渡来僧や留学僧《るがくそう》から懸命に習得していたに相違ありません。

あえて空海・最澄を並べて、その出自から比較するなら、空海は、列島土人（ネイティヴ）の選良であり、最澄は渡来人系の選良といえるのではないでしょうか。いずれも平安時代初期宗教界の巨人だったといっても誰も異存はないでしょう。

●空海と井上内親王

このほど大和・五條市の宇智陵へ初めて参拝しました。

参拝したその日は梅雨の合間の好天に恵まれ、五條市御山町の高台にある宇智陵は、美しく手入れが行き届いておりましたが平日のことで訪れる人もなく、燦々と照りつける太陽のもとに、ひっそりと佇んでいました。

この宇智陵には、以前より特に興味があり是非ともお参りしたいと思っていたのです。

それは、この宇智陵が空海が開創した高野山の、まさに鬼門（東北）方向に位置するからです。空海が作ったともいわれる「いろは歌」には、「トガナクテシス」という言葉が隠されています。空海は裏鬼門（西南）の方向から、井上皇女親子の恨みを慰め、鎮魂を祈念していたものと私は思います。

「民衆が平安に暮らすためには国家が泰平でなければならない」この考えのもとに、日本の国王である当時の天皇を守護していたと思うのです。

彼は桓武系の天皇四代に仕えました。第五十代から第五十三代まで、桓武・平城・嵯峨・淳和と四代の天皇です。

そのうち、空海が最も愛されたのは嵯峨天皇で、嵯峨天皇なくしては空海のあの名声は得られなかったといっても過言ではないと思います。

ところで、空海と井上内親王には、大きな繋がりがあります。

共通の繋がりとは、それは日輪、太陽です。

空海は仏教の太陽の神・大日如来に仕え、井上内親王は伊勢神宮の斎宮として日の神・天照大神に仕えていたからです。

●空海と高野山

日本には、特に大切な聖地が二つあって、ひとつは海辺の聖地伊勢、もうひとつは山辺の聖地高野だと、私は思っています。聖地伊勢とは、いうまでもなく伊勢神宮に代表される神宮の森一帯で、聖地高野とは、高野山・奥之院に代表される宗教施設のある全域です。

現在、高野山といわれているこの地は、古くは高野《たかの》と呼ばれ、また或いは高原《たかのはら》、高天原《たかあまはら》ともいわれたと想像できます。正に天に開けた高地だからです。

空海は遣唐使の一員として入唐しましたが、留学僧に選任される以前に、この地を訪れていたことが『性霊集』に記されています。おそらく若き修行時代に山伏の一員として訪れたことがあったのでしょう。あるいは、優婆塞《うばそく》として仏道修行の頃、山人の案内で高野山に来たのかも知れません。ここは標高千メートルもの高地ですが、盆地となっていて高原ながら水に不自由はありません。峯々に囲まれたこの地に初めて足を踏み入れた空海は、これこそ密教道場にふさわしい聖地だと大いに喜び、ここに開創しようと心に刻んだに相違ありません。そして唐に留学の後、帰国した空海は嵯峨天皇に上表して、念願通りこの高野の地を賜ったのでした。

●南無大師遍照金剛

私は三十歳代初め密教ブームの頃、空海に傾倒して高野山で修行の真似事をしたことがありました。もう、三十数年以上前の、季節は八月の終わり頃だったと思います。

日課のひとつに水行があるのですが、その水が随分冷たかったことが記憶に残っています。

「南無大師遍照金剛」と繰り返し唱えていると、足もとに小魚がすり寄って来たのを憶えています。人に近づくと僅かでも水が温かいからでしょうか。上を見上げると梢越しに陽光が差し込んで来て、意味もなく涙があふれてくるのです。

あれは何なのでしょう。

人もまた生き物のうちの一つ、生かされているという歓びでしょうか。哀しみでしょうか。

生まれ生まれ生まれ生まれて生の始めに暗く
死に死に死に死んで死の終わりに冥し

空海著『秘密曼荼羅十住心論』略本、『秘蔵宝鑰』より

空海は、唐の文人も驚くほど文筆に優れ、皇帝から「五筆和尚」の名を賜ったそうです。『高野大師行状図画』には、両手両足と口で五行の書を同時に書いている絵がありますが、これは全く荒唐無稽な話で、五つの書体を見事に書

いたという意味だと理解すべきでしょう。

でも実際驚くべきことに、篆書・隷書・楷書・行書・草書のほか、様々な雑書体にも巧みだったようです。

書家の飯島太千雄氏の研究によれば、二十四歳で執筆した『聾瞽指帰』で既に、垂露、懸針、龍爪、虎爪などの雑体書法を見事に駆使しているそうです。

また空海は漢詩もつくっています。

後夜聞佛法僧鳥

閑林獨坐草堂暁
三寶之聲聞一鳥
一鳥有聲人有心
聲心雲水倶了了

夜明けに仏法僧鳥を聞く

閑林に独坐す、草堂の暁
三宝の声、一鳥に聞く
一鳥声有り、人こころ有り
声心雲水、ともに了々

これは空海が後年、高野山に常住していた頃の作と考えられているようです。『空海「三教指帰」』加藤精一訳には、次の説明が付けられています。

「コノハズクの啼き声は仏法僧という仏教で最も大切な三宝をあらわしている。鳥の声もそれを聞いている自分の心も、流れる雲も逝く水も、大日如来の活動そのものではないかと嘆じている」

●お世話になりました

この本は、西吉野の密教研究者村岡空氏、同郷土史研究家辻本武彦氏との出会いが執筆の大きな動機になっています。

残念ながら、すでにご逝去なさっている両氏ですが、記して感謝の意を表したいと思います。

最後になりましたが、海風社社長、作井文子氏の的確な助言とご協力のお陰で、何とか上梓まで漕ぎ着けることができましたことを感謝いたします。

そして、根気よく仕事を進めてくださった編集部の方々もありがとうございました。

平成二十八年七月二十六日

丸谷いはほ

【著者略歴】

丸谷《まるや》いはほ（本名/ 丸谷 巖）

昭和 20 年 5 月 29 日、奈良県五條市西吉野生まれ
昭和 39 年 3 月、高校卒業後、会社勤務の傍ら大学通信教育で学ぶ
平成 21 年 3 月、佛教大学文学部（通信制）卒業
平成 28 年現在、よろず相談処・彌栄工房自営中

もう一つの空海伝

二〇一六年九月十日　初版発行

著　者　丸谷いはほ
発行者　作井文子
発行所　株式会社 海風社
〒550-0011 大阪市西区阿波座一―九―九 阿波座パークビル701
TEL　〇六―六五四一―一八〇七
振　替　〇〇九一〇―一―三〇〇〇六
印刷・製本　モリモト印刷 株式会社

ISBN 978-4-87616-041-9 C0013
装　幀　ツ・デイ

論考

異端と孤魂の思想

近代思想ひとつの潮流

綱澤 満昭 著

978-4-87616-039-6 C0030

近代日本の精神史から、日本人とは何者かを探り当てる上でいわゆる学校のテキストから抜け落ちた、いや故意に隠されたものが異端と孤魂の思想であるとの観点から、島尾敏雄、岡本太郎、橋川文三、深沢七郎、東井義雄、赤松啓介、小林杜人を読み解く。

B６判／三〇〇頁　定価（本体二〇〇〇＋税）円

論考

思想としての道徳・修養

綱澤 満昭 著

978-4-87616-022-8 C0037

道徳なき時代といわれる現代。本書は「道徳・修養」を懐古的に礼賛するものではなく、位置した時代によって変質した道徳・修養というものの本質を衝く。道徳の教科化がいわれているいま、ぜひ読んでほしい書。

B６判／二六四頁　定価（本体一九〇〇＋税）円

論考

宮沢賢治の声

～啜り泣きと狂気

綱澤 満昭 著

978-4-87616-033-4 C0036

父との確執、貧農への献身と性の拒絶……。その宮沢賢治の短い生涯をたどりながら、彼の童話の原点を近代日本が失った思想として読み解く。賢治よ、現代人を、縄文に回帰させよ。

B６判／二一六頁　定価（本体一九〇〇＋税）円

民俗

南島叢書96

唄者 武下和平のシマ唄語り

著者 武下 和平／聞き手 清 眞人

978-4-87616-029-7 C0339

元ちとせ、中孝介らのルーツをたどればこの人に行き着くという、奄美民謡（シマ唄）の第一人者 武下和平による初のシマ唄解説書。話題は奄美の歴史・文化・風習にも及ぶ。録り下ろしCD（61分）付き！

A５判／二〇八頁　定価（本体二〇〇〇＋税）円

ワークブック

全文英語

SUMI workbook

Christine Flint Sato 著

978-4-87616-031-0 C1070

〝墨と筆は魅力的だけど、「書道」となるとむずかしそう。もっと気軽に習いたい〟そんな多くの外国人の要望に応えたワークブック。筆の持ち方・進め方、自在な表現法、水墨画に近い魅力等を分かりやすく解説。

A４判／一三六頁　定価（本体二〇〇〇＋税）円